[会社を休みましょう]殺人事件

吉村達也

JN178374

集英社文庫

「会社を休みましょう」殺人事件

目次

［会社を休みましょう］殺人事件

一　会社を休みたい！

ダイワビールの営業部に、森川晶《もりかわあきら》というサラリーマンがおりました。年は二十九歳で、地位は主任営業の中でもバリバリのやり手――いわゆる『若きエース』という存在です。

その森川は、周囲から『あいつはエリートだからな』と言われています。それも、あまり好感をもってではなく。

彼がいつからエリートという肩書のついた人生を歩むようになったのかといえば、やはりそれは東大に入学を果たしたときからでしょう。

しかし、社会に出てからの森川にとって、『東大卒』という輝かしい経歴は、ジャマ以外の何物でもなかった。ほんとうにそうでした。

最初にそれを感じたのは、いまから七年前の新入社員歓迎コンパの席でした。

カラオケスナックで大盛り上がり大会になり、森川が歌う番になったときのことです。

いいかげん酔っ払って後ろのほうの席でふんぞり返っていた営業課長の蜂谷《はちや》さんという

人が、急に大声でたずねてきました。

「おい、森川、歌う前にだ、ちょっと教えろ。おまえはどこの大学出てるんだ」

そのとき、あっさりと東大です、と答えればよかったのに、森川はマイクを持ったまま、口ごもってこう言いました。

「え？　いやー、べつに」

森川としてみれば、べつに東大卒をハナにかけているわけではなかった。むしろ、ハナにかけていたほうが気は楽だったのですが、謙虚な性格であるだけに、自分の学歴を妙に重荷に感じてしまうところがありました。

というのも、東大ときいて相手が返してくる反応がいつもいつもワンパターンなので、それがイヤだったのです。

「東大？　オー」

その、なんともいえない微妙なニュアンスを含んだ「オー」という感嘆の声が、森川晶にはたまらなかったのです。

お勉強家、点取り虫、受験戦争の覇者、オタク、教育ママの存在、エリート意識ムンムン、人生の機微に疎い——等々といった先入観念が、相手の頭の中にバーッと広がっていくのがみえるようで、ため息が出てしまいそうになる。勝手に作られたそのイメージから抜け出すのがどれだけ大変なことか、彼は身に染みてわかっているからです。

とりわけ、そのときのようにカラオケスナックというノリの場所で、しかも、内輪だけでなく、よその客も同席している場所で、マイクを握って注目を浴びたとたん、出身大学を問われるほど困ったことはありませんでした。

東大ですと答える前から、店じゅうの視線が自分に集まってしまうようで、森川は立ち往生してしまいました。

が、蜂谷課長は容赦なくわめきます。

「どうしたあ、こら森川。おまえ、言えないような大学を出てるのか」

これではますます返事がしにくい。

でも、仕方ないから答えます。

「東大……です」

ところが、森川が握りしめていたのはカラオケのマイクですから、むやみやたらにエコーがかかっている。

東大、東大、東大、東大……です、です、です、です……。

「トーダイ？　トーダイって、まさかおめー、潮岬《しおのみさき》とか犬吠埼《いぬぼうさき》に勤めていたんじゃねーだべさ、あん？」

と、蜂谷課長が低レベルのギャグを飛ばしてからかうと、これがまた、他のグループの中年客にドッとウケたりするものですから、ますます森川は困ってしまう。

あとでわかったことですが、蜂谷課長は森川の学歴を知っていて、そういう質問をしたらしい。早稲田とか慶應だったらこんなからかわれ方はしないのに、と森川は悩む。なにも、すべての東大出の人間がこういうナーバスな悩み方をするはずもありませんが、性格なのでしょうか、森川は極端に周囲の反応を気にしてしまう。

仕事でもそうでした。

ビール会社の営業ですから、当然のことながら、担当の小売店を小マメに回る。そういうときに、店の主人から「おたくはどこの大学?」ときかれると、これまた東大と答えるのがしんどい。そういうふうに意識しているから、なおさら答え方がぎこちなくなる。それが、相手にしてみれば、いかにもエリートであることをひけらかしているように映ってしまう——という具合に悪循環を重ね、しまいには「いやあ、森川さんはエリートだから、おれたち酒屋にはつきあいづらくてねえ」とまで言われてしまうのです。

自分が自意識過剰の傾向にあるのは森川もじゅうぶん承知しているのですが、持って生まれた性格はなかなか直らない。

そうこうしているうちに、サラリーマン生活も七年目に入り、三年前から主任というポジションまで上がってきてはいたのですが、どういうわけか、森川はエリートと持て囃《はや》されるわりには特別出世が早いわけではありませんでした。

部長・課長・係長・主任といった肩書を得る平均年齢は、同じビール業界でも社によってまちまちですが、ダイワビールでいえば、早い人では三十前に係長に昇進してしまう。もちろん、森川のように三年前、二十六のときに主任になったのは、決して遅いほうではない。むしろ早いほうです。しかし、そこから間をおかずに係長までポンポンと昇進してしまう者もいるのです。ところが森川は、その先頭グループに入っていない。

　東大卒の肩書を重荷に感じている一方で、東大出なのに出世レースのトップを走っているわけではないという劣等意識が、森川にストレスとなってのしかかっていました。そして、そのストレスをはねのけるために、森川はガムシャラに働きました。

　俗に『馬車馬のように働く』という言い回しがありますが、まさにそれです。自分の意思で働いているようでいて、じつのところ会社の意思によって猛烈に働かされている――その意味でも、森川は人間というよりも馬でした。

（休みたいなあ）

　主任に昇進してからというもの、ことあるたびに、森川はそう思いました。

（会社を休めたら、どんなにいいだろう）

「いったい、どういう意味なんだよ。おまえの言う『会社を休みたい』というのは」

　森川が唯一、心を打ち明けて話せる大学時代からの親友である東海林《しょうじ》は、休みたい休みたいを連発する森川に、そう聞き返してきました。

東海林は東大を卒業後、東京の新聞社に採用され、政治部に配属となったのですが、番記者と政治家との癒着ぶりに呆《あき》れ返り、上司と衝突、ケンカ同然に辞表を叩《たた》きつけて退社し、いまでは故郷の黒姫《くろひめ》高原に帰って、住民と観光客相手のミニコミ誌を編集しています。

だから、森川との会話はもっぱら電話です。

「もしかして森川、おまえ、土日もまともに休めない生活をしているのか」

「ああ……」

「具体的に、どれくらい働いているんだ」

「まず、毎朝七時半に出るだろ……」

「おいおい、そんなに早くから仕事を始めるのか」

と、思わず東海林は、驚いた声を出します。

「定時は九時なんだけどね、ウチの場合は」

「だったら、一時間半も前に会社に行っていることになる」

「そうだよ」

「何をしているんだ、そんなに早く行って」

「いろいろだよ」

「いろいろって？」

「だから、いろいろだよ。主任にもなれば、やるべき仕事が山積みでさ、夜の残業だけじゃ足りないんだ。もちろん、夜の帰りは午前様なんかザラで、それでもまだ終わらないから、朝早く出てくる。それでもなお終わらないから、土日に出てこなくちゃならない」

「ビール会社の営業って、そんなに忙しいのかよ」

「他の会社は知らない。それに、ウチの営業でも他の連中は知らない。でも、おれは忙しいんだ」

「そんなアホな」

ちょっとおどけたように、東海林は言いました。

「おまえひとりが忙しいなんてことがあるかよ」

「あるんだ、それが」

森川は強い調子で言い返しました。

「ルーティンワークの販売店回りだけじゃなくて、社内でいろんな開発プロジェクトのメンバーに入れられているんだ、おれは。それも一つや二つじゃなくて、三つも四つも……。それで会議があるたびに、レポートだなんだとまとめなくちゃならない。書記役を押しつけられるのもたいていおれだ。それだけじゃない、会議室の手配から弁当の手配、それに出席メンバーへの連絡票を回す雑用まで、ぜんぶおれだ。前に女の子にまかせたら大ポカやりやがって、常務から大目玉でさ。それ以来、そこまでおれが面倒みなくちゃならなくなった。そのうえにだぞ、主任としてのデスクワークもあるんだ。……もうパニックだよ、パニック、パニック！」

「まあ落ち着けよ、森川」

興奮して荒い息を弾ませる森川に向かって、東海林は電話口でなだめるような手ぶりを交えて言います。

「おまえがパニックするほど忙しいのはわかったけど、なにもおまえひとりで一から十までやれと言われているわけじゃないだろう。部下がいるんだろう、ちゃんと」

「正式に部下と呼べる関係を持つのは係長になってからだけど……」

「でも、若いやつがいるんじゃないのか。同じチームの中に」

「ああ」

「そいつらに手分けしてやらせればいいじゃないか。弁当の手配までおまえがするなよ」

「そうしたいけど、バカばっかでさ」

森川は吐き捨てるように言いました。

「なってないよ、最近の若いやつらは」

これが彼の口癖です。

「いったい人事はどういう基準で新卒をとってるんだ。顔をみたいよ、採用責任者の顔をさ」

「おまえは完璧主義者だからな」

森川のことなら身内よりも知り尽くしている東海林は、そう言って電話口で笑いました。

「おまえを基準にしたら、どんなやつでもバカになっちゃうよ」

「そうじゃないんだ」

森川は森川で、熱っぽく自分の意見を主張します。

「とにかくダメのレベルが低すぎるんだ。なにもおれは高い理想を要求しているんじゃないんだ。最低限のことをキチッとやってくれればいい。でも、それすらできない。まったく親がどういう教育をしてきたのか、疑いたくなる連中ばかりなんだ」

「ほとんどジジイだな、そのセリフは」

東海林は、また笑いました。

「二十九歳で愚痴《ぐち》ジジイになってるぞ」

「なんといわれようと結構だ」

森川は憤慨した口調でつづけます。

「とにかく下のやつらには任せられない仕事が多いんだ」

「そうやって抱え込むなよ、仕事を」

「だって」

「周りがバカばっかりだから、か」

「……そうだよ」

口癖を東海林に先回りされたので、森川はちょっと鼻白んだ感じです。

「だけどなあ、森川。おまえが、与えられた仕事を処理するだけの受け身型サラリーマンならまだしも、どっちかといえば、自分からどんどん仕事を見つけてくる積極型のほうだろ」

「まあな」

「ただでさえ、仕事が増える性格しているのに、そのうえ、抱えた仕事を手放さないとなると、そりゃ遅かれ早かれパンクするぞ」

「だから、会社を休みたいなって、心から思ってるんだ」

「休みたいなと思うまえに、まず他のやつらに仕事を分けろよ。いまの考え方のままじゃ、人並みに週末を休もうったって、そりゃムリだ」

「だ・か・ら・さあ……」

森川はイラだってきました。

「他の連中に任せたら、アナだらけの仕事をしてくるんだ。その尻拭《しりぬぐ》いをするのは、主任のおれだぜ。けっきょく、仕事がかえって増えるばかりなんだ」

「でもなあ……」

東海林は、ため息をつきました。

「それだとおまえ、嫌われるよ、会社の中で」

「どうして」

「森川さんは、何から何まで仕事をとっちゃうんですよね。きっと、ぜんぶ自分の手柄にしたいんですよね、って」

「ちがうってば！」

森川は叫びました。

「他のやつがちゃんとしてないから、おれがやるんじゃないか」

「周りはそうは思わないさ」

東海林は、たしなめるように言いました。

「点数を稼ぎたいから、なんでもかんでも自分でやりたがると思っている」

「ちがうよ！……まいったな、東海林までがそんなふうに言うとは」

「おれはわかってるよ、おまえのことをね。でも、会社のやつは決して理解しませんよ、ということだ」

「冗談じゃないよ」

森川は投げやりに言いました。

「みんながダメだから、おれがその分まで仕事を引き受けているんじゃないか。なにも、おれだって好きこのんで仕事を増やしてるんじゃないんだよ。上のほうが、何かといえばすぐに森川に任せようってなるんだ。若手の営業マンは数々いれど、営業三課の森川晶に勝る働き手はいない。だから、あいつにやらせようってね」

「だったら、同期でもトップの出世なんだろうな」

痛いところをグサッと衝《つ》かれたので、森川は黙りこくりました。

「ボーナスも、他のやつに較《くら》べて破格にいいんだろ。……どうなんだ、森川」

「………」

「なあ、森川」

相手の状況を見透かしたように、東海林は言ってきました。

「いいかげんバカバカしいと思わないのか。仮にボーナスの査定が平均より上だとしても、それでいくら変わるんだよ。少なくともおまえの年じゃ、年間に百万も差がつくわけじゃないだろ」

「まあ……そうだけど」

「そりゃ、ボーナスと給料あわせて月にならせば四、五万の差は出るかもしれないよ。でも、そのために失うものも大きいんじゃないのか」

新聞社勤めを辞め、マイペースでミニコミ誌の編集をやっている東海林だけに、どちらかといえば、ガムシャラ路線に否定的。そこが、森川と相容《あいい》れないところです。

「東海林の言い分は、ある意味できれいごとだよ」

森川は反論します。

「月に二、三万になるのか、四、五万になるのか知らないけどね、サラリーマンにとっては、そのわずかな差が意味をもつんだ。おおげさにいえば、そこに社員としての自分の存在理由《レゾンデートル》が出てくる。存在価値が出てくるんだ」

「また、そういう難しいことを言う」

東海林はため息をつきました。

「ときどき森川は、大学教授の論文みたいに、言い回しばかり複雑で、中身がちっとも理解できない言い方をするんだよな」

「おれは真剣なんだ。聞いてくれよ」

「わかった、わかった。……じゃ、先をどうぞ」

「他のやつは、会社における自分の立場をどう考えているか知らない。でも、おれは——おまえだから言うんだけどね——上の連中から一定以上の評価を得ていないと、ガマンできない。というよりも、自分の評判がよくないと不安なんだ」

「正直だね」

「東海林だからこそ言える話だよ」

「で？」

「中には、最低限の月給が保証されていれば、平均以上の出世は望まず、その代わりに平均以上の働きもしないという醒《さ》めたやつもいる。でも、とてもじゃないが、おれはそんなふうにはスッパリ割り切れない」

　森川は、電話口でつづけました。

「上のほうがおれに期待しているからこそ、ボーナスや定期昇給の査定もよくなるし、期待されるぶん、任される仕事量も増えてくる。仕事量が増えれば、残業も増えて、結果的に収入も増える。だから、サラリーマンにとって年収の差は、上層部からの評価の差——すなわち、社員としての存在価値の差になってくる」

「そんなこむずかしいことを言わなくたっていいよ」

　東海林は、笑いを含んだ声で言いました。

「早い話が、残業代込みでの生活パターンに馴《な》れちまったから、いまさら仕事量を減らせないんじゃないのか」

「そんな不純な考えはもっていない」

「不純……ねえ。そうかなあ。少しでもいい暮らしをしたいから、残業代稼ぎのために仕事を増やしている。いまさら生活レベルは下げられないから、残業カットは困る。だから、忙しい忙しいと言いつつ働いてしまうんじゃないのか」

「そうじゃないってば」

森川は、なぜわかってくれないんだ、という口調になる。そういう口調になればなるほど、説得力は減るのですが……。

「いまのダイワビールは、一握りの仕事漬けの人間によって、やっと支えられているんだ。ウチの部長なんかを含めて、ほんとうに数えるほどわずかの人間にね。そのうちの誰かが、少しでも支えている手を引っ込めれば、会社の屋台骨はガタガタに崩れてしまうんだよ」

「だから、森川晶は頑張ります、というわけか」

「そういうこと」

「それで？」

さっきよりも、さらにおかしそうに、東海林は言いました。

「その仕事人間の森川君が、突然、会社を休みたくなったとは、これまたどういう風の吹き回しかな」

「自分でもわからない」

東海林の口調とは対照的に、ぐっと声のトーンを落として、森川は答えました。

「とにかく急に休みたくなった」

「だったら休めばいいじゃないか。病休とか、有給休暇とか、いくらでも方法はあるんだろ」

「そうじゃないんだ。前もって休暇届けを出して休みたいというんじゃなくて、いきなり、ある日突然、会社を休んでしまいたい――そんな欲求にかられてしかたないんだよ」

「ふうん……」

「そういう経験なかったか、東海林は」

「そんなことを思う前に、上とケンカして辞めちゃったからね、おれは」

「そうか」

「だけどなあ、森川」

東海林は、ちょっと心配そうな声を出しました。

「おまえの言い分を聞いてると、休みたいというよりも、むしろ、蒸発したい、って気分になっているんじゃないのか」

「……かもしれない」

「あぶないなあ、そいつは。絶対にあぶない兆候だぞ」

東海林は即座に言いました。

「おまえ、奥さんに相談したか」

「悦子《えつこ》に？」

「そうだよ」

「何を相談するんだ」

「だから、煮詰まってしまった精神状態でいることを、だよ。そもそも、そこまで会社人間になっちまったおまえを、悦ちゃんはどう思ってるんだ」

「あいつはちゃんと理解しているよ」

ことともなげに、森川は言いました。

「おれがこれだけ一生懸命働いているからこそ、自分が気楽に遊んでいられるんだって、ちゃんとわかってるさ」

「そうかな？」

「そうだよ、大丈夫だよ。……ほんと、だいじょうぶ、だいじょうぶ」

東海林の言葉に、懐疑的なニュアンスが含まれているのをとっさに察知したのか、森川はかぶせるように、大丈夫を連発しました。が、どことなく無理やり自分に言い聞かせているような響きも感じられる。そのニュアンスを、こんどは東海林のほうが感じ取って、また心配してしまう。

すべてを知り尽くした親友どうしの会話というのも、なかなか神経をつかうものです。

ところで、森川と、妻の悦子とは学生結婚でした。

森川と東海林は東大の同期生ですが、悦子もそうでした。だから、他人の奥さんとはいえ、東海林は気安く悦ちゃんなどと呼んだりするのですが……。

森川と悦子が知り合ったのは、東大教養課程に在学中のときでした。駒場《こまば》のキャンパスで学ぶ教養課程は第二外国語別にクラスが編成されるのですが、森川も悦子も文学部志望の文科三類に入学したうえ、二人ともフランス語をとっていたため、そこでクラスが同じになった。

ちなみに東海林は経済学部希望の文科二類で、ロシア語専攻でした。で、森川と悦子のいる文科三類――俗にいう文Ⅲには十のクラスがあり、そのクラスすべてが、一年生のとき、十一月下旬に行われる駒場祭で『文Ⅲ劇場』と呼ばれる芝居をやるのが伝統になっておりました。

東大教養学部には、文Ⅰ、文Ⅱ、文Ⅲ、理Ⅰ、理Ⅱ、理Ⅲという六つのカテゴリーがあるのですが、駒場祭のときに全クラスが足並みをそろえて芝居をやるのは文Ⅲだけで、これがいわば伝統のようになっていたのです。

森川が在籍していた当時も、文Ⅲの十クラスすべてが、やはり伝統にのっとって駒場祭で芝居を演じることになっていました。そして、森川のクラスでも、その題材に何を選ぶかが活発に討議されました。

このとき森川がアイデアとしてもってきたのがアガサ・クリスティの『そして誰もいなくなった』でした。原作の有名さと、話の筋書きのわかりやすさから、これを舞台にかけることが決まったのです。

だいたいこういう場合は、上演作に決まった原作を提案した人間が脚本を担当することになっています。だから、脚本は森川晶でした。

そして、数少ない女子学生は、たいていメイク係や衣装係に回るのですが、悦子は映画風にいうならエグゼクティブ・プロデューサーとでもいいましょうか、上演のための資金作り担当に回りました。

文Ⅲ劇場の資金作りといえば、なんといっても駒場祭──『駒祭』と略していうのがふつうですが──における模擬店出店です。ようするに、タコ焼きとか焼きそばなどを売って、その収入を芝居の制作費にあてる。

その収入セクションを、悦子が担当したわけです。

それだけではなく、彼女は駒場東大前商店街をマメに回り、あるいは渋谷まで出て、やはり小さな店を足繁く訪問して『スポンサー作り』を一生懸命やった。こういう活動に力を入れる女の子は、他のクラスには、まずみられませんでした。

悦子は、なかなか変わった子でした。

夏休みに入ってすぐの七月中旬、それぞれのクラスでは、芝居づくりの具体的なミーティングをかねた合宿を東京近郊で行います。

森川や悦子たちのクラスでは、その場所を神奈川県の大山《おおやま》の麓に決めました。

大山、といっても、あんがい東京の人でも知らなかったりするのですが、これは丹沢《たんざわ》山塊の東に位置する標高1246メートルの山です。

別名・雨降《あふり》山といって、その山頂には阿夫利《あふり》神社が祀《まつ》られている。これは雨を司る神様で、日照りのときも、逆に洪水のときも民衆から祈られる、いわば天の恵みである雨をコントロールする神様なのです。

だから、鎌倉幕府三代将軍の源《みなもとの》実朝《さねとも》は、阿夫利神社についてこんな歌を残しています。

時により　過ぐれば民の嘆きなり　八大竜王《はちだいりゆうおう》雨止め給へ

その大山山頂へは麓からケーブルカーが走っているので、脚に自信のない人でも、それを利用すれば気軽に『登山』ができる仕組みになっています。

その麓で二泊三日の合宿をしたわけですが、脚本を書くことになった森川が中心となって連日カンカンガクガクの議論を交わしているときに、悦子はといえば、時間さえ空けば、ひとりでブラッと宿を出てケーブルカーに乗り、終点の『下社《しもしや》』から表参道と呼ばれる登山道を上っては、山頂の阿夫利神社に参拝するのです。

何をやってたんだよ、おまえは、とクラスの男の子たちから問い詰められても、悦子は『芝居が成功するように神様にお祈りしていたの』と平然と言い放ちます。

その答えに、一同はあぜんとなったものですが、いざ駒場祭の日が近づくと、資金集めに必死に走り回る。

悦子は、神がかった信仰と、現実的な金銭感覚が同居した、いとも不思議なキャラクターの持ち主だったのです。

そんな彼女のおかげもあって、『そして誰もいなくなった』の上演は――中身の評価はさておき――収支決算からみれば大成功のうちに終わりました。

そのことがきっかけになって、森川と悦子の仲は急速に接近したのです。

そして、三年になって本郷《ほんごう》のキャンパスに移ると、森川は文学部英語英米文学専修課程に進み、悦子はおなじ文学部の考古学専修課程に進みました。

彼女がとった授業科目をきいて、森川は、ますます『この子はおもしろい感性をしているなあ』と思いました。

なにしろ必修科目が史学概論、考古学概論、地学概論、文化交流特殊講義、考古学演習、野外考古学。そして、その他に選択した考古学特殊講義の授業として、『先史考古学の諸問題』とか『新大陸考古学の諸問題』など、森川にとっては、まるでワケのわからない内容の講義がずらりと並んでいました。

それでも、森川は悦子に魅《ひ》かれつづけ、大学三年の晩秋にプロポーズをして、四年の初夏にあらたまった結婚式ぬきで、籍を入れました。

森川にとって意外だったのは、学生結婚ということで自分の親を説得するのに一苦労だったのに、悦子のほうの両親は、あっさりとオーケーを出してくれた点です。

いや、それよりも意外だったのは、森川のプロポーズに対する悦子の答えでした。

森川は、前の晩一睡もせずにプロポーズの言葉を考えたのです。考えに考え抜き、悩みに悩み抜いた末に、「人生の最後までいっしょに走らないか。それも、できるだけ早くスタートを切って」というセリフを考えつきました。

そして、本郷のキャンパスではなく、わざわざ二人の出会いの場となった駒場のキャンパスで、時期もちょうど思い出の駒場祭直前を選び、一号館から西門に至るいちょう並木を歩きながら、意を決してプロポーズの言葉を発したのです。

すると、悦子はなんと言ったか。

「苗字《みようじ》が変わらないから便利ね。だから抵抗はないわ」

でした。

そうです、悦子の苗字も『森川』だったのです。

たしかに、同じ苗字どうしで結婚するのは、女性にとっては何かと都合がいいかもしれません。

しかし……しかしです。学生結婚という大胆な決意をして、徹夜で考え抜いたプロポーズの言葉を緊張の面持ちで口にしたのに、苗字が変わらないから便利ね、というリアクションはないだろう、と思いました。抵抗はないわ、はないだろう、と森川は思いました。

彼としては、もっともっと喜びにあふれた反応を期待していたのです。

でも、そこは惚《ほ》れた弱みです。思ってもみない事務的な返事が返ってきても、イエスはイエスにちがいない。ともかく森川は喜びました。そして入籍の運びにこぎつけました。

そのとき、結婚届けの証人のひとりになってくれたのが学友の東海林でした。

教養課程のとき文Ⅱにいた東海林は、森川が脚本を書いた例の駒場祭の芝居を見にきて、その出来にいたく感心してくれた数少ない観客のひとりで、それ以来、言葉を交わすようになり、いつのまにか無二の親友になってしまった関係です。

その東海林が、入籍手続きを終えた日に、ポツンとつぶやいたのです。

「悦ちゃんは、おまえと百八十度違う感覚をもってるからさ、気をつけろよ」

どういう部分を指して東海林がそんなことを言ったのか森川にはわかりませんでしたが、ただ、彼の警告と同じセリフが、自分自身の心の中でも響いていたことは事実でした。

性格が正反対だからこそ、夫婦はうまくいくという主張をする人は大勢いますが、それも程度問題かもしれない、と森川は思っていました。表に現れる性格は違っていても、もっと根源的な感性の部分においては最低限の共通項がないと、夫婦としてはやっていけないのではないか、と。

その『最低限の共通項』が、はたして自分と悦子の間にはあるのだろうか——その懸念が、ことあるごとに心に浮かび上がる。それは否定できません。

でも、日々の暮らしが平穏なときは何も問題は起こらなかった。

大学を卒業してからしばらくの間、悦子は会計事務所の事務手伝いなどをしていましたが、それでは趣味の考古学に費やす時間がないということで、けっきょくその勤めを辞め、いまは自宅でできる校正作業のアルバイトをやっていました。

そして、そのアルバイトでためたお金で、学生時代に加入していた民間の考古学研究サークルの野外活動に出かけていくのです。

(なんだか、ずいぶんマイペースな女だな……)

というふうには、たびたび感じていました。

しかし、ふだんはおたがいに束縛をせず、いざというときに頼れる関係こそ理想的な夫婦だと森川は思っていましたから、あまり悦子の行動は気に留めなかった。

でも、最近やたらとサラリーマン生活に疲れをおぼえてくると、この妻の元気さ、マイペースさが、妙に気になってしようがない。

ほんとうに自分が精神的に追い込まれてSOSを発したときに、悦子は妻として親身になって助けてくれるのだろうか。

正直いって、それが心配でならなかった。だから、会社での悩みとか不平不満グチなどは、悦子には洩《も》らさないようにしていました。彼女に心配をかけたくないからではなく、プロポーズのあのときと同じように、自分本位の冷たい反応が返ってくるのが恐かったからです。

しかし——

猛烈サラリーマンとしての森川を不安に陥れるような出来事が、九月の終わりに起こりました。さすがに、妻の悦子にも話さざるをえないような事件が……。

森川晶が師とも仰ぐ営業部の猛烈部長、秦野《はたの》さんが会社の中で殺されたのです。

それも、とても奇妙な格好で……。

二　係長？　それがどうしたの

会社中が引っくり返るような殺人事件が起きる前々日の金曜日、ダイワビールでは、突然の人事異動が発表されました。

定期の異動時期ではなかったのに、全社員の三分の一にあたる人間が該当する大型人事とあって、社内は大騒ぎになりました。

その日の朝、内示のトップを切って、部長クラスへの『呼び込み』がはじまると、思いもよらぬ出来事に、社内のあちこちでエーッという声がいっせいにあがりました。

どこの会社でも似たようなことをするでしょうが、ダイワビールでは人事異動のさい、役員・部長級の内示については、役員フロアのいちばん奥まったところにある、ふかふかのじゅうたんが敷かれた特別会議室というところに呼び込んで、そこで社長自らの口から異動の旨が告げられます。

これを社内では、組閣のさいの大臣拝命になぞらえて『呼び込み』と称しておりました。

この呼び込みも、部長の下の次長、課長、係長級の内示になると、会議室も役員フロアのものではなく、人事部の横にある第一会議室が使われ、内示の通達も社長からではなく、各部署の担当役員が告げます。

さらに係長の下の主任および平社員となりますと、これは部長からの内示となり、『呼び込み』に使われる部屋も、それぞれの部署のフロアにある会議室で適当に空いているところを使う、という形に、だんだんランク落ちしていくわけです。

役員の内示については、一般社員にはすぐには情報が入りませんが、部長級の呼び込みがはじまると、社内はとたんにざわつきます。

不思議なもので、人事異動の内示がはじまった、とわかったときの社内というのは、妙な熱気に包まれます。

栄転・左遷・昇進・見送りと、悲喜こもごものドラマがはじまり、しかも自分自身だっていつ当事者になるかわからないというスリルがありますから、これはもう仕事に集中できる状況ではありません。

中には、会議室のそばをいったりきたりして、内示を受けて会議室から出てくる人間に『出口調査』なんかをやったりする者も現れる。選挙やってるんじゃないんですから。

でも、ついつい全社員が取材記者のようになってしまう。情報が飛び交う。ヒソヒソ話があちこちで交わされる。

まあ、大事故や大災害があると、不謹慎と知りつつもテレビ局の報道部が盛り上がるように、大左遷人事などが発表されようものなら、これまた大騒ぎで、みんな仕事になりません。

とくに、こういうときに、日頃のタラタラした仕事ぶりとは正反対に、やたらと張り切ってしまう人というのが、どこの会社にもいるものですが、ダイワビールでは、営業課長の蜂谷さんがそうでした。

この人は、七年前に森川晶が新入社員として入社したときから課長です。つまり、七年経《た》ってもちっとも偉くなっていない。いや実際には、課長になったのは九年も前のことなのですが……。

出世から見放された、という立場ですね。

この蜂谷さんが、まるで解説委員よろしく、内示の最新情報や、その後の見通しについて一席ぶったりする。しかも、一覧表を作るんです。誰がどこへ異動の内示を受けた、という一覧表ですね。

これがまた、わかりやすく作られている。仕事のほうではさっぱり評価されない蜂谷さんですが、こういうところでは抜群の技量を発揮します。

なにしろ、この手づくりの速報は『蜂谷メモ』と呼ばれて、ダイワビール担当の大手広告代理店などからは、いちはやく、この蜂谷メモをファックスで入手しようとする動きがあるくらいです。

この日、朝十時からはじまった内示の動きも、次長・課長級を経て、係長級の内示までくるころになると蜂谷メモもだいぶ詳細をきわめるようになってきました。

「ようするにだね、今回の突然の人事は……」

蜂谷課長は、自分の作ったメモを示しながら、周囲に集まった社員に対して解説をくわえます。

「たぶん、我が社におけるぬるま湯体質にカツを入れるため、という説明がなされると思うけれど、早い話が、これは猛烈社員優遇人事だな」

「猛烈社員優遇人事？」

と、聞き返す声に、

「そうだよ」

と、蜂谷さんは自信満々にうなずきます。

「これまでの内示の傾向をみればわかるじゃないか。ウチの場合は——まあ、ここが営業部だからいうんだけどさ——もともと営業エリート主義だろ。その営業のタテのラインにだ、他の部署で『働きバチ』だの『エリート』だのと呼ばれる連中を引っ張ってきて、さらに人材の強化を図っている。な、わかるだろ」

蜂谷さんは、自分の作ったメモを指で差しながら、

「な、な」

と周囲に念を押します。

「早い話が、これは営業担当総括常務の神林《かんばやし》さんがだ、いよいよもって実権を握ってきたことの現れだよ。他のセクションと、ウチら営業部との間に、きっちり境界線を作ったってことじゃないかな。ダイワビールを支えているのは営業なんだから、ここに人一倍働く社員を集結させる――その意図がはっきり出てるじゃないか」

キャスター付きの椅子に座っていた蜂谷さんは、脚で床を蹴ってザーッと音を立てながら椅子を滑らすと、二つ離れた若手社員のデスクの上に置かれたマルボロという外国タバコのパッケージを勝手に取り上げ、その中から一本を抜き出して、同じく机の上に放置してあった百円ライターで火を点《つ》けると、頬をへこませて煙を吸い込みながら、またザーッと音を立てて椅子を元の位置に滑らせて戻ってきました。

「これであわてているのは宣伝部だぞ」

昼からタバコを離すと、万年課長の蜂谷さんはニヤッと笑って言いました。

「連中は、テレビ局だとか新聞雑誌といったマスコミ、それに芸能人なんかと付き合いがあるもんだから、いつのまにか、自分たちは会社の中でも特別だと思ってきている。小売店のオヤジからイヤミの十や二十も言われながら、汗水流して頑張ってるウチら営業部のことを、やつらバカにしていただろ。営業なんかが靴の底減らして歩くより、おれたち宣伝部が気の利いたCMを作れば、それで一発で商品がヒットする、ってな。ところがどっこい、すっとこどっこいだ、このやろ」

蜂谷課長は鼻息が荒い。鼻からタバコの煙をフーフー吐き出しながら、さらにまくしたてます。

「やっぱり神林常務はよく見ているよ。ダイワビールの発展の陰には、営業部員の涙アリ、ってな。さすが営業部出身の役員だわ。現場の気持ちがよくわかってるわ。営業を強化すると同時に、ウチの部長の秦野さんが宣伝部長になるだろ。これをおまえら、左遷人事だなんて思ったら大間違いだぞ。なにかと独自路線を進もうとしていた宣伝部長の米田《よねだ》さんを関西支社へ飛ばして、そこへ営業の鬼部長秦野景吾《けいご》をもってくる。これでエリートづらして天狗《てんぐ》になっていた宣伝部の連中の鼻が、スパーンとへし折られるわな。ま、いっちゃなんだが、いいきみ、ってことだわな」

そこまで言うと、蜂谷さんは腕組みをしてうまそうにタバコをくゆらせます。

なんでこんなに鼻息が荒いかというと、すでに異動の内示が係長クラスまで下がってきている――つまり、課長の自分は、とりあえずこんどの異動に無関係だと知ってホッと胸をなでおろしているのです。

その安心感が、蜂谷課長を饒舌《じょうぜつ》にさせているのです。

なにしろダイワビールは、まさにいまの蜂谷さんの分析どおり、営業部至上主義を貫こうとしている。その戦力強化路線が強まれば強まるほど、蜂谷さんも安閑としていられない、という思いがある。

今年で四十六歳になる蜂谷さんは、いまから九年前の三十七歳のときに営業部の課長となりました。営業マンとしての実績を認められての昇格だったのですが、課長にあがってからの評価がどうもパッとしない。

営業手腕はそれなりのものをもっているけれど、人事異動の季節に張り切ってしまうように、妙に噂《うわさ》好きのところがあって、ときおり社内で変な根回しに動いたりする。いわゆる『政治的な動き』が目立つ、というアレですね。そこが、上層部から煙《けむ》たい目で見られている原因になっていた。

しかし、営業部には九つもの課があって、つまり課長さんのポストが九つもあるわけで、そのおかげでなんとかこれまで蜂谷さんも安泰でいられました。

でも、ホンネのところは、定期異動のたびに首筋のあたりがスースーしていたのです。こんどこそどこかへ飛ばされるかな、と。

その危惧が、こんども杞憂《きゆう》に終わったので、課長サンはゴキゲン、というわけです。

「そういえば、おい、森川」

蜂谷さんは、そばで話を聞いていた森川晶に、急に話の矛先を向けました。

「おまえ、いくつになった、今年で」

「いま二十九です。もうすぐ三十ですけど」

みんなの前で、いきなりたずねられたので、森川はびっくりしました。

「そうか、もう三十かあ」

考えながら煙を吐き出し、そしてまたたずねます。

「おまえ、どこの大学出たんだっけ」

またこれです。

わかっていてたずねる。新入社員歓迎コンパのときと同じです。森川は、ほとほと蜂谷課長のイヤミに愛想がつきているのですが、答えないわけにはいかない。

「東京大学です」

「トーキョーダイガク？　そんな大学あったか」

一瞬、眉をひそめ、腕組みをして天井を見上げてから、突然思い当たったというように、蜂谷さんは首をタテに何度も振りました。

「ああ……ああ、ああ、東大のことね。東京大学なんて改まって言われるから、おれはどこの大学かと思ったぞ」

のっけから東大と答えれば答えたで、どこの灯台に勤めているんだ、潮岬か、犬吠埼か、などと言うくせに……と、森川は内心ウンザリです。

「それじゃおまえ、エリートじゃないか」

いまになって気づいたように、蜂谷さんは言いました。

「なあ、エリートだろ」

「…………」

「となると、そろそろ来るんじゃないのか」

「なにがです」

少し憮然《ぶぜん》とした表情で森川が聞き返すと、

「係長の内示だよ」

と、ニヤニヤ笑いながら、蜂谷課長は答えました。

「東大出といて、おまえ、三十前に係長になっておかないのはヤバいんじゃないの」

「そんな……ぼくにそんなこと言われたって困りますよ、蜂谷さん。決めるのは上のほうなんだから」

「だけどなあ……」

蜂谷課長は腕組みをしたまま、もっともらしい顔で言います。

「おまえの同期の早川《はやかわ》とか倉本《くらもと》なんかは、去年の定期昇進人事でもう係長だし、谷岡《たにおか》もそろそろという声が上がっている。いいのかなあ、森川。おまえ、人一倍一生懸命働いているのに報われないんじゃ、やってられないよ、と思ってるだろ」

よほどからかいやすい性格なのか、森川晶は、いつもこうやって蜂谷さんの話の肴《さかな》にされてしまいます。

「だって、おまえ、ほんとに仕事が好きだもんなあ。そりゃ秦野部長に目もかけられるわな、それだけ仕事好きだと」

「べつに、ぼくはそんなに仕事が好きじゃないですよ」

みんなが集まった場所で言われた手前、森川は必死に反論しました。

自意識過剰の彼は、自分が同僚から『仕事人間』だとか『エリート意識の強いやつ』と思われていないか、いつもそれを気にしていたのです。

「たまたま仕事がワッと集中したりするから、忙しそうに見えているだけですよ」

「そうかねえ……いやいや、私はおたくのためを思って心配してるんですけれどね」

私、とか、おたく、という言葉を交えながら敬語で会話をはじめだすと、これはもう蜂谷さん特有のイヤミの嵐が来るまえぶれです。

それがわかっているだけに、周りの連中はニヤニヤしながら見守っている。

「やっぱりアレですよなあ、森川さんほどの有能な若手が、ここらで係長に昇進していただかないと、営業部員の士気にも影響しますからなあ」

何を言ってるんだ、バカやろ、と森川は内心思っている。でも、もちろんそんなふうに怒鳴り返すわけにもいかないし、ムッとしていれば、『森川のやつ、本気で怒ってるぞ。やっぱりあいつ、出世したいんだよな』と周りから思われそうだ――そんな思いが交錯して、けっきょくヘラヘラと笑ってその場をしのごうとするわけですが、このヘラヘラ笑いをする自分が、自分で情けない。

「いや、でもあれですよ、森川さんねえ。これはマジな話、こんども係長昇進見送りとなったら、ひとつ秦野部長に進言しておかなくちゃなりませんな」

　蜂谷さんもくどい。

「森川さんの落胆ぶりをみていると、人事の不公平さに腹が立ってきますよ、と……。森川さんも、こんなんじゃ、やっていられないとボヤいています、と」

「やめてくださいよ」

　森川はついついムキになりました。

「ぼくはガッカリもしていないし、文句も言ってないじゃないですか」

「でも、その顔を見ているとねえ……」

　いかにも同情に堪えない、というふうに、蜂谷さんは首を振りました。

「言葉に出さなくても、おたくさんの気持ちは痛いほどよくわかっているんですわ」

「やめてくださいったら、やめてください。絶対に、部長にそんな話をしないでくださいよね。たのみますよ、ほんとに」

　森川は、何度も念を押しました。

　蜂谷課長の場合、冗談が冗談でなくなるときがあるから恐《こわ》い。

蜂谷さんは、森川の係長昇格が、たぶんこんども見送りになるだろうと見込んでからかっているのですが、心のどこかで、森川のようによく働く若手を煙たく思っているところがありました。

だから、森川の評判が落ちることは、蜂谷さんにとってはうれしい。それで、もしも森川が人事の現状に不服でも洩らそうものなら、即刻、部長のところへご注進にすっ飛んでいこう、という魂胆です。

そういう姑息《こそく》なことをやるから蜂谷さんも上の信頼をなくすのですが、ともかく森川にとっては手の焼ける人物です。

「しかしね、森川さんよ……」

と、さらに蜂谷課長がつづけようとしたとき、向かいの席から女子社員が受話器を高く差し出して言いました。

「蜂谷課長、お電話です」

「誰から」

えらそうに、蜂谷さんは聞き返します。

ＯＬが電話をとった場合は、相手の名前も告げてから取りつがないと怒る。女の子を秘書のようにして使いたがるわけです。

「安原《やすはら》リカーショップさんから」

「ああ、いま電話中だと言っといて」

「でも、なんだか急いでいるようですけれど」

「折り返し」

ピシッと言い放つと、蜂谷課長はその女子社員にそっぽを向きました。

うちわでの態度は、けっこう尊大です。

と、また間髪容れずに別の女の子が言います。

「蜂谷課長、内線5番に人事部長からお電話です」

人事部長、というひとことに、こんどは蜂谷さんは、うってかわってドキーンという顔になりました。

同時に、周りにいた人間も、いっせいに蜂谷課長と、そのデスクの電話機に視線をそそぎます。

「おかしいな、課長クラスの内示は終わってるんだろ、もう」

首をひねりながら、けっこうこわばった表情になった蜂谷さんが受話器を取りあげます。

「はい、蜂谷でございますが」

(神林常務がお呼びです)

「……は」

（人事部脇の第一会議室へお越しください）

「そ、それは、内示ということですか」

（そうです）

「あの……でも課長の内示はもう終わったと……」

（どうぞ遅れずにお越しください）

年長の人事部長の言葉は穏やかでしたが、その口調には有無を言わせぬ強いものがありました。

カチャッと音を立てて受話器を置いた蜂谷課長に、さっそく周囲から声が飛びます。

「蜂谷さんにも呼び込みが来たんですか」

「課長関係はみんな済んだと思ったら、蜂谷さんが残っていたんですね」

「いよいよ次長に昇格じゃないですか」

そんな声を、蜂谷さんはボーッとした顔で聞いていました。

つい数十秒前までの元気がウソのような硬い表情です。

蜂谷さんは蜂谷さんで、自分というものをよく知っていますから、いまの自分に単純な昇格人事が発令されるとは思っていない。

だいたい、すばやい情報収集によって、課長の上、すなわち次長のポストにからんだ異動は、すべて内示済みだとわかっている。また、これまでの内示発令の状況からみて、どこかの課への横滑りという可能性もない。

地方転勤も含めて考えても、もはや次長課長いずれのポストも、新しい布陣が組まれています。

となると残された可能性は、ただひとつ――

『出向』という二文字がぐるぐると頭の中で回るのを感じながら、蜂谷課長は、うつろな目で椅子から立ち上がりました。

そしてその直後に、こんどは森川晶に内線電話がかかってきました。

「ああ、森川君かね。秦野だが」

その声に部長席を見ると、宣伝部長の内示を受けて席に戻っていたはずの秦野部長の姿が見当たりません。

「ちょっとエレベーター脇の小部屋に来てくれるかね」

こんどは、森川がドキーンです。

ついに自分にも来た、と、森川は受話器をギュッと握りしめました。

部内昇格人事か、それとも他の部署へ異動か。

緊張して黙っていると、その様子を察したのか、受話器から秦野景吾部長の豪快な笑い声が聞こえてきました。

「アハハハ、そう硬くなるな。おめでとう、係長昇進だよ」

「え……そう……なん……です………か」

「他の連中にはまだ言うな。電話で内示したとなると、こっちもヒンシュクを買うからな。だけど、こわばった顔で会議室に入ってこられるのもイヤなのでね。いいニュースは、もったいぶらずに教えておいてやる。森川晶、営業部第三課第二係長を命ず、ということだ。まあ、おれは宣伝に行ってしまうから、いっしょに働けないのは残念だが、きみのような働き者はもっと早く係長にすべきだと、機会あるごとに人事にも進言していたのだ。だから、私もうれしいよ」

「はい……ありがとうございます」

「おいおい、そこで礼を言うな。周りにバレるじゃないか」

また豪快にワハハと笑うと、秦野部長は言いました。

「まあ、とにかくこっちへ来いや。お茶は出ないが、一、二分話をしよう」

＊　＊　＊

その日の夕刻六時——

森川晶はウキウキした気分で、いつもより早めに会社を出ました。

たまたま、めずらしく仕事がヒマな日に当たっていたせいもあるのですが、とにかく、きょうだけは早く家に帰りたかった。

なんだかんだいっても、やっぱり森川もサラリーマンです。あれだけ『会社を休みたい』などと思っていたのに、係長昇進を内示されたとたん、急に元気になってしまう。

よーし、バリバリ働かなくちゃ、という気分になってくる。

適度な人事異動は会社に活性化をもたらす、というのが事実であることを実証するような好例——それが、きょうの森川晶でした。

(悦子のやつ、今夜はどんな迎え方をしてくれるかな)

電車の吊《つ》り革《かわ》につかまりながら、森川は期待に胸をはずませました。

(さっきは直接話せなかったけど、家に着いたら、きっと大喜びで迎えてくれるだろうな)

じつは、係長昇進のニュースはできるだけ早く妻の悦子に伝えておきたかったので、森川は秦野部長から内示を受けてすぐ、ちょうど昼休みに入ったのを幸いに、会社のそばの電話ボックスから自宅へ電話を入れていたのです。

悦子、やったぞ、ジャーン！　係長、しょうしーん！

そんなストレートな態度で喜びを表そうと思いました。だから、他人に聞かれないように、蒸し暑い日だったにもかかわらず、わざわざボックス型の公衆電話を選んで、その中に飛び込んだのです。

ピポパと自宅の番号をプッシュしながら、森川は、自分と悦子との会話を勝手に想像してしまいました。

まず開口一番、悦子、やったぞ、ジャーン、と言う。

その後の展開はこうなる。

(係長昇進だぞ、係長)

(え、うそー)

(マジだよ、マジ。急にあったんだ、人事異動が)

(ほんと？　わあ、おめでとう。よかったわね。うれしいでしょ)

(うん、まあな……)

(で、いつからなの？)

(内示はきょうで、発令は一週間後)

(そう……でも、きょうから係長、って呼んじゃおうかな。私が、最初に係長って呼んであげるの……おめでとうございます、係長)

(なはははは)

(うれしそう)

(まあね、やっぱうれしくないわけはないよな。悦子もこれからは、係長の妻だぞ)

(やだー、なんか係長の妻って、へんな感じ)

そんなふうに、笑い声がはじける。

（あ、そうだ。じゃ、きょうはお祝いしなくちゃね）

（どこかに食べに行こうか）

（ううん、やっぱりこういうときは、ちゃんとお赤飯を炊かないと。それから、なんでも好きなものを言って。お魚がいい？　お肉？）

（すごいな、悦子手づくりの豪華メニューがそろうわけ？）

（そうよ）

……などというやりとりが、頭の中で広がっていきます。

そして、現実もそうなることを期待しながら、トゥルルル、という呼び出し音を聞く。ところがです、ジャスト四回呼び出し音が鳴ったあと、ブチッというような音がして、機械的な女性の声が流れてきました。

――ただいま留守にしております。ピーッという信号音のあとに……

森川はがっかりしました。

留守番電話です。

そういえば、きょうも悦子は、どこかの遺跡の観察に行くとかいって、朝から出かける準備をしていました。

（それにしても、せめて留守ＴＥＬの応答メッセージくらい、機械じゃなくて、自分の声で吹き込めよな）

盛り上がっていた気分に水をさされ、森川は元気がなくなってしまいました。で、いちおう、メッセージを吹き込んだのですが、いささか他人行儀なものになってしまいました。

「えー、私です。きょう、係長に昇進するという内示がありました。それで、えー、きょうは早く帰りますので。……七時半くらいになるかな。……では」

最初の計画とはずいぶん違ってきましたが、それでも、このメッセージを聞けば、悦子だって喜んでくれるだろう、と森川はそれなりに期待していました。

野外観察から帰ってくるのは、いつも六時すぎですから、それから留守ＴＥＬを聞いたとしたら、手づくりの料理でお祝いしてくれるというのは無理かもしれない。でも、花ぐらいは用意してくれるかな、などと思いました。

なにしろ、彼らの団地の一階には花屋が入っているのです。

花束贈呈というおおげさなことはしなくてもいいから、玄関口とか、リビングのテーブルの上に美しい切り花が飾ってあれば、やはり森川としてはうれしい。

気は心というやつです。

ちょっとしたことでいいから、何かの形で悦子もいっしょに喜びを示してくれれば、それで森川は満足なのです。男は単純なんですから。

（しかし、人事異動というのは、ほんとうに悲喜こもごもだな）

ガタンゴトンという電車の走行音を聞きながら、森川は、心からそう思いました。

(おれのように昇進する者もいれば、蜂谷さんみたいに、とんでもないところに出向させられる者もいる)

蜂谷課長に示された異動先は、ダイワビールが資本参加している全国規模の居酒屋チェーン『どかちゃか』の中国四国地区本部長というものでした。

勤務先は広島。

蜂谷さんにとって、これはショックでした。出向の予感を抱いていたにしても、たとえば横浜に本拠を置く食品関連の系列会社『ダイワフーズ』とか、ひょっとしたら文化事業部が独立して別会社になった港区青山《あおやま》に本社を構える『ダイワ・フォーラム』あたりかと予想していただけに、『どかちゃか』はショックだった。

内示を受けて自分の席に戻ってきたときには、口も利けないほどの落ち込みようでした。

(それに較べれば、おれは……こういうのを『天国と地獄』というんだな)

そして森川の想像は、今夜の過ごし方へ戻ります。

(とりあえず、うちで盛大に祝うのは準備が間に合わないだろうから、外に食事に行ってシャンペンで乾杯でもするか。そのあとは……)

食事の場面は適当に切り上げて、いきなりベッドシーンになってしまう。

（きょうは悦子だって、ガンガン燃えてくれるだろうな）

通勤途上、いつも車内で読んでいる東京スポーツのエッチな小説そのまんまの展開が、頭の中をかけめぐります。

（まったくもって悦子は、そっちのほうには淡泊で、おれはいつもそれが不満だったけど、いくらなんでも、きょうはちがうよな。なにしろお祝いなんだから。昇進したんだから、係長に。もう好きにさせてもらいますよ、今晩は）

どっちかというと、頭の中ではＳＭっぽい展開になってきた。

（ほら、悦子。どうだ、え？　恥ずかしいか。どうだ。こんな恥ずかしいことをされるのがイヤなら、許してくださいといえ。お願いです、ご主人さま、許して、と）

吊り革につかまりながら、ひとりでニヤニヤしはじめるから、ほとんど変態です。いつのまにか笑っている自分に気がつき、そしてその自分をじっと見つめている若い女性の視線に気づいて、森川は真っ赤になって横を向きました。

＊　＊　＊

ともかく――
留守番電話に残しておいた伝言どおり、七時半に、森川晶は団地の五階にある我が家に着きました。

廊下に面した台所には明かりがついています。そして、悦子らしい人影が流し台の前に立っているのが、波板ガラスに、ぼんやりにじんだ黄色っぽい映像となって映っています。

そして、トントンとまな板の上で菜を刻む包丁の音が聞こえてくるではありませんか。

(お……)

と、森川は思いました。

(悦子が台所で料理を作っている)

ひょっとしたら、考えていた理想パターンかもしれない。

(クールなタイプだなと思っていたけど、やっぱり悦子も女だよな)

女、という概念にどういう枠をはめているか知りませんが、森川はそう思って、期待に胸をふくらませました。

ピンポーンとチャイムを鳴らす。

と、台所でのトントンという音が止《や》む。そして、黄色いかたまりが、波板ガラスからサッと消えます。

ちょっと間をおいてから、玄関のドア越しに足音が聞こえてきました。

森川は、おもわずにこにこしてきました。

さっきの変態じみたニヤニヤ笑いではなく、妻に歓迎される期待にうれしくて、つい頬がゆるんでしまうのです。

（やっぱり、ここは出あいがしらのキスだろうな）

　こういうときに『出あいがしら』などという言葉は使わないものですが、とにかく、森川は玄関において、妻の悦子との熱烈なキスシーンを想像してしまっている。

　玄関口に出てきた悦子は、ちょっとおしゃれっぽいワンピースを着て、その上から黄色いエプロンを掛けているにちがいない。お帰りなさい、おめでとう、と言うなり、悦子はいきなり森川の首に両手を回し、それはそれは熱っぽく唇を押しつけてくる。その激しい勢いは、森川がたじろぐほどです——と、ここまでは森川の頭の中の世界。

「はーい」

　ドア越しに、悦子の声が聞こえてきた。でも、どこかいぶかしげな調子なので、森川は一瞬イヤな予感がしました。

「どちらさま？」

（どちらさま？）

　森川は、眉を吊り上げました。

（どちらさまはないだろう、どちらさまは）

「おれだよ」

「え、アキラ？」

びっくりしたような声に、ますます森川は不安になってきました。

ガチャガチャとドアチェーンを外す音がして、扉が開きました。

「ずいぶん早かったのね」

いきなり、こうです。

悦子の格好は、黄色のトレーナーに黒のジーンズです。

そのトレーナーもジーンズも、ところどころが土埃《つちぼこり》に汚れていました。

「いま帰ってきたのよ。遺跡の観察が思ったより延びちゃって」

「あ、そう」

「ほら、私たち市民研究グループに遺跡を公開してくれる期間が決まっているから、見られるときに見ておかないとね。……だからもうお腹《なか》ペコペコ……ごめん、ちょっといま火を使ってるから」

一方的にそういうと、悦子はくるりと背を向けて台所のほうに走っていきます。

森川、あぜん。

「あ、あなたもラーメン食べる？　これからおナベに麺を入れるところだから、食べるんだったら二人分作っちゃうわよ」

と、台所から声だけでたずねてきます。

「………」

森川の落胆ぶりは、これはもうガッカリといった生やさしいものではありませんでした。

「ねえ、食べないの」

「食べないよ！」

怒りすら湧いてきて、森川は乱暴に答えました。

「どうしたの。機嫌悪いじゃない。会社で何かあったの？」

「あったよ」

リビングのソファに、カバンをドンと放り投げ、荒っぽい手つきでネクタイの結び目をゆるめる。

そしてシュルシュルッとネクタイを引き抜きながら、森川は留守番電話の赤いランプが点滅していることに気がつきました。

ボタンを押す。

――一件です。

機械がいう。

再生ボタンを押す。

テープが巻き戻され、森川自身の声が聞こえてきました。

――えー、私です。きょう、係長に昇進するという内示がありました……。

（聞いていないんだ）

また、頭にカッと血が上り、森川は自分のメッセージを消去しました。そして、背広の上着を、ズボンを、ワイシャツをものすごい勢いで脱ぐと、まるでダダッ子のように、そこらじゅうに投げつけました。

「どうしたのよ、子供みたい」

自分のために作ったラーメンをお盆にのせてリビングのテーブルまで持ってくると、悦子は森川のほうにはロクに目もやらず、ひとことだけそう言うと、椅子に腰掛け、おいしそうにラーメンを食べはじめました。

そして、食べながら夕刊に目をやる。

彼女が目にしているのは、海外旅行の広告です。

「ねえ、こんど私、エジプトに行こうと思っているんだけど」

森川のほうをまったく見ずに、悦子は言います。

「日本の遺跡もいいけれど、古代エジプトも魅力的じゃない。王家の谷とか、アブシンベル神殿とか……いいなあ、憧れちゃうわ」

そう言いながら、悦子はまたラーメンをツルツルとすすります。

森川はといえば、八ツ当たりで服を脱いだものですから、ランニングシャツにパンツ、それに靴下という間の抜けた格好で、悦子の後ろに立っている。

それにしても、森川がカリカリきている具体的な理由を聞いてくれてもよさそうなのに、悦子はたずねてくれない。

これはきょうに限ったことでなく、いつだってそうなのです。サラリーマンをやっていれば、腹も立つこともあれば、情けなくて泣きたくなることもある。いや、むしろ毎日がその連続です。

森川も、家に帰ってゴキゲンな日ばかりとはかぎらない。ブンむくれのときや、わめきちらす日もある。でもそれは、たんに感情を発散させているだけではなく、妻の悦子に慰めてもらいたいからなのです。だから、不機嫌さをあらわにするわけです。

たしかに子供っぽい行為かもしれません。でも、それを「子供みたい」のひとことで片づけられちゃあオシマイよ、という気分です。

やっぱり森川としては、どうしたの、なにがあったの、と心配そうにたずねてほしい。そして、妻にじっくりと話をきいてほしいわけです。

でも、悦子はそれをしてくれた例《ためし》がない。

なるほど、悦子はしっかり者です。彼女のほうから弱音を吐いたことはないし、夫である森川に相談を持ちかけたこともない。

問題が起きても、なんでも自分で解決してしまう――それが悦子の姿勢でした。

だから、森川が落ち込んだり、腹を立てたりしているのをみても、あまり同情をおぼえないのでしょう。そこが森川は寂しかった。

係長昇進の喜びを分かち合ってもらうはずがこんな展開になり、森川は複雑な気持ちで立っていました。

さすがに、その様子に気がついたらしく、悦子はラーメンを食べる手を休めて後ろをふり返りました。

そして、森川の格好を見るなり言いました。

「そこまで脱いじゃったのなら、ついでに、お風呂入れば」

「………」

森川が黙っていると、悦子はまたテーブルに向き直って、海外旅行の広告に目をもどしながら言いました。

「アキラが入らないなら、私、先に入るわよ。遺跡の狭いところを這《は》いずり回っていたから、もうドロドロ」

「いっしょに入ろう」

森川は、唐突に言いました。

「え？」

と言って、悦子はまた彼のほうをふり向きました。

そこをすかさず森川が重ねて言います。

「いっしょに風呂に入ろうよ」

悦子は、しばらくポカンとした顔で森川を見ていましたが、やがて、あははと声をあげて笑いました。

「うちのお風呂のサイズ、忘れたの？　二人で入ったらぎゅうぎゅうで窒息しちゃうわよ」

＊　＊　＊

けっきょく、森川はその夜遅くまで、自分が係長に昇進したことを、妻の悦子に打ち明けられませんでした。

どう考えてもバカな話だ、と彼は思いました。

何か悪い出来事なら隠しておくのもわかりますが、主任から係長に昇進したというニュースを妻に切り出せないでいるなんて、こんな経験をした男はめったにいまい、と森川は思いました。

ようするに、森川は妻に喜んでもらいたかった。いっしょに、昇進をうれしがってほしかった。

だから、悦子がそういう気分になれるまで、この話を持ち出すのはやめようと思っていたのです。

でも、夜寝る段になっても、森川の中途半端な気持ちは治まりません。

最近の夫婦はダブルなりツインなりのベッドで寝る人が多いようですが、森川たちは畳にふとんを並べて寝ていました。

部屋の明かりを小さなものだけにしてふとんの中にもぐりこんでも、森川はなかなか寝付けない。本来なら豪華な食事で満腹になっている胃袋も、からっぽでグルグルとむなしい音を立てています。

それに、心に描いていた展開でいけば、いまごろ係長昇進を喜んでくれた妻と濃厚なベッドシーンを――いや、彼の場合、ふとんシーンというのでしょうか――それを繰り広げているはずだった。

激しい愛を交わしてから、森川は満足そうに天井を見つめながらタバコをくゆらす。その裸の胸には、悦子が顔をうずめている、と、今夜はこういう図になっていなければならなかったのです。

どうしてもその計画に準ずる状況までもっていかないと、これでは眠れそうにない。そう思うと、森川は何度か意味ありげな寝返りを打ったのちに、いきなり隣りのふとんで寝ている悦子のほうへ手を伸ばしました。

「うーん」

悦子は、そんな声を洩らしました。

といっても、甘える声という雰囲気ではないし、『感じて』しまって、そんな声が出たのでもない。

感じる、といえば、森川には苦い経験があります。

学生時代、結婚前に悦子を初めて抱いたときのことです。じつはそれまで童貞だった森川は、体験ゼロ・予備知識少々といった状態で、とにもかくにも悦子を裸にしようと、ブラウスのボタンをはずし、彼女のバストを手のひらにくるむようにつかんだ。

場所は、いちおうファッションホテルとかブティックホテルとか称していた、早い話がラブホテルのダブルベッドです。

照明も落としていて、ムードはじゅうぶんに出ているつもりだった。悦子だって、うっとりと目を閉じている。

そういう状況で、森川は悦子の乳房をマニュアルどおりに揉《も》みしだきながら、これまたマニュアルどおりに耳元でささやきました。

「感じる？」

すると、悦子は目を閉じたまま、はっきりとこう言ったのです。

「感じない」

ミもフタもない悦子の返事のおかげで、以来、森川はへんに芝居じみた言動を『閨《ねや》』でしなくなりました。

だから、いまの悦子の『うーん』も、甘ったるい期待の声ではなく、たんに、眠ろうとしているところへ体を触られた不愉快さの表現だとわかるのですが、いつもとちがって、ここで引き下がる気分にはなれなかった。

そこで森川は、やおらガバッと妻のふとんをはいで、そこに自分の体をもぐりこませた。そして、悦子のパジャマの上衣の裾から手を突っ込む。

すかさず悦子は横向きからうつぶせになって、それに抵抗する。

森川、無言のまま、力ずくでそれをあおむけに戻す。

悦子、すぐにまたうつぶせになる。

はたで見ていれば、なんだか『たいやき』を引っくり返しながら焼いている動作にも似て、滑稽きわまりないのですが、森川は必死です。真剣です。ハーハーいいながら、悦子の体と格闘している。

「ちょっとー」

ついにたまりかねて悦子が言いました。

「眠いんだから」

それでも、森川は彼女のパジャマを脱がせようとする行為をやめません。

「やめてってばー」

とうとう悦子は、ふとんの上に正座する形で起き上がってしまいました。そして、乱れた髪の毛をなでつけ、めくれあがったパジャマの裾を直しながら、強い声で言いました。

「朝、起きれなくなっちゃうでしょ」

「明日は土曜だよ。ゆっくりできるじゃないか」

「私はゆっくりできないの」

「どうして」

「きょうよりも早く、遺跡の観察に出かけなくちゃならないから」

「また行くのかよ」

「こんなチャンスはめったにないのよ。あれだけの遺跡をじっくりと観察できるなんて」

悦子は手ぶりを交えて言いました。

「そういうときに集合時間に遅れたら、みんなに迷惑をかけちゃうでしょ」

「仲間には迷惑をかけたくないけど、おれには迷惑をかけてもいいの？」

「なに、それ」

「……係長になったんだ」

とうとう、言ってしまいました。

おたがい精神的にハッピーな状態に戻るまで黙っていようと思っていたのですが、森川は、たまりかねて切り出しました。もう、こうするより他に、自分のいまの行動を理解してもらえる手段はないと思ったからです。

「係長?」

悦子はけげんそうに聞き返してきます。

「そう、係長」

と答え、森川もふとんの上に起き上がりました。

「きょう人事異動があってさ、係長の内示が出たんだ」

「ふーん」

悦子は、それがどうした、という顔です。

「係長になったんだよ、おれは」

と、森川は繰り返します。

「わかったわよ」

そう言うと、悦子は立ち上がろうとする。

「ちょっとおまえ、どこへ行くんだよ」

「トイレ」

「トイレ?」

「眠かったのに起こされたから、行きたくなっちゃった」

「待てよ」

森川は、悦子の腕をつかんで引き戻しました。

「おまえ、いまのダイワビールでだよ、三十前に係長になるということは、これはけっこう大変なことなんだから」

「………」

「そりゃ、年齢的に一番乗りってわけじゃなかったけど、でも……」

「よくわかんない、そういう話は」

「じゃあ、簡単にいうけど、えらくなったんだよ、おれは」

「えらくなりたかったの？　アキラ」

そう切り返されては、森川も二の句がつげない。

彼が黙っている間に、悦子は、さっさとトイレに立ってしまいました。

そして、ふたたびふとんのところに戻ってくるころには、森川のほうの気持ちは不完全燃焼の極致に達している。

「ねえ、そっち行って」

悦子は、森川に自分のふとんへ戻れと言う。

そうはいくもんか、と森川はその場を動きません。

「いっとくけどね、おまえ、サラリーマンにとっては人事異動って、一大事なんだよ」

そう言っても、悦子は理解しがたい顔をしています。

「おまえの趣味にたとえていえばさ、遺跡を調べていたら、あっと驚く古代の財宝が出てきたみたいに大変なことなんだ」

「私たちが観察にいくころには専門家がひととおり調べ終わっているから、そんな奇跡にめぐりあうことはないわ」

「だからさ、いちおう物のたとえで言ったんじゃないか、たとえで」

「…………」

「あ、そうだ。そういえばさ、いちど蜂谷さんて課長、紹介したことあるだろ。覚えているよな」

「たぶんね」

「ほら、おれが入社したときの営業課長でさ、カラオケのときに、おまえの出身大学はどこなんだ、って、わざわざイヤミっぽくきいてきたオッサンだよ」

「ああ、なんとなく思い出したけど」

「その蜂谷さんがさ、きょうの内示で、なんとびっくり居酒屋の店長だぜ。いや、正確には店長じゃなくて、本部長とかいうらしいんだけどね。居酒屋チェーン『どかちゃか』の中国四国本部長で広島行き……。ガッビーン、だよな。もう本人真っ青の、周りは大騒ぎ。いやあ、サラリーマンの哀愁ってやつだよなあ」

「………」

悦子はしらけた顔をしています。

「そういう立場の人を見ていると、係長の内示をもらったこっちは天国だな、って思ったわけだよ。だからさ……」

森川としては、だからさ、というつなぎ言葉にも、きちんとした意味があった。だからさ、テンテンテン、と意味ありげに口をつぐめば、あとはわかってくれると思ったのです。

で、彼は、ふたたび悦子の胸に手を伸ばした。

すると悦子は、体をひねってそれを避けながら言いました。

「どうしてよ」

「なにが」

「どうして係長になったからって、その晩にセックスをしなくちゃならないの」

三　部長が殺された

土曜も日曜も、悦子は遺跡の観察研究に出かけてしまいました。

森川はその間なにをしていたかといいますと、ふてくされて映画を見に行ったり、本屋に行ったり、という状況でした。

係長に昇進したのに、唯一の家族である悦子に喜んでもらえない。じゃあ、何のために自分は働いているのか――そう考え出すと、なにもかもが虚《むな》しく思えて、またまた「会社を勝手に休みたい病」に取り憑《つ》かれてしまう。

会社を辞めたい、ではなく、会社を勝手に休みたい、というレベルにとどまっているところに、森川の限界があるといいましょうか、最後には会社を頼りにしてしまうサラリーマン特有の甘えがあるわけですが……。

ともかく、学生結婚をした森川としては、自分がいま、なぜ悦子という女といっしょに住んでいるのか、わからなくなってきました。

悦子と結婚したのはなぜか――

ひとりで街を歩きながら、森川は、こんな素朴な疑問を自分にぶつけてみました。

愛があったから。愛していたから。

当然、答えはこうなります。そして、悦子も同じ理由をもって結婚したのだと固く信じていた。

ところが、いまになって思うと、『苗字が変わらないから便利ね』という、あの言葉こそ、悦子の本心だったのではないか、とさえ思えるようになってきました。

あれは、悦子流の照れの表現かと思っていましたが、どうもそうではなかったような気がしてきた。もちろん、彼女の愛を全面否定するわけではありません。ありませんが、しかし、森川ほど愛に酔っていたのではなかったことが、どうやらはっきりしてきました。

大学四年の夏、入籍手続きを終えた森川に、親友の東海林がつぶやいた『悦ちゃんは、おまえと百八十度違う感覚をもっているから気をつけろ』という言葉がいかに鋭い警告だったか、いまさらながらに森川は痛感しました。

悦子の本質が、東海林には読み取れていて、当の自分にはわからなかった。

森川は、自分のふがいなさに歯ぎしりしたい気持ちでした。

しかし、悦子の愛情の強さを疑いだしてくると、二人が結婚生活をつづけている理由がわからなくなってきます。

けっきょく、『悦子は、おれが食わせてやっているんだ』という理屈しか、他に結婚生活を正当化する説明手段が見つからないのです。

たしかに悦子は、校正のアルバイトで多少のお金はもらっています。でも、その金額は『稼ぐ』というニュアンスからは程遠く、まさにお小遣いていどです。

したがって、衣食住の基本的な生活費は、悦子としても森川の給料に頼っているのが現状でした。

だから、おれとしては——森川は思いました——誰にメシを食わせてもらってるんだ、と悦子を怒鳴りつけたってかまわないんだ、と。

だいたい、あいつは感謝というものを知らなさすぎる。生活の心配をせずに、呑気《のんき》に遺跡の観察研究などをつづけていられるのは、誰のおかげだと思っているんだ。

と、ホンネとしては、こういう不満が心の中で渦巻いている。

しかし、それを口に出してしまうと、ほんとうに金だけでつながっている関係になるおそれがあった。

それはあんまりだから、森川は『誰にメシを食わせてもらって』云々《うんぬん》の言葉は、ぐっと胸のうちに呑《の》み込んでいるのです。

このもやもやとした気分を晴らすには、親友の東海林と長電話でもするしかない。そう思って、森川は夕刻、家に戻ってきました。

どうせきょうも悦子の帰りは七時ごろになる。妻のいないうちに、東海林との長電話で、大いにグチを聞いてもらおうというわけです。

そして、ちょうど受話器に手をかけたとき、電話のベルが鳴り出しました。

日曜日の夕方にかかってくる電話なんて、どうせ悦子の友だちに決まってる。そう思って、森川は受話器を取り上げ、無愛想な声を出しました。

「はい、森川です」

「ああ、もしもしっ」

聞こえてきたのは、意外にも課長の——少なくとも、来週の木曜日いっぱいまでは、まだ営業課長という肩書でいる——蜂谷さんの声です。

しかも、かなり切迫した口調です。

「蜂谷だ、蜂谷だ」

二度、自分の名前を繰り返しました。

「どうしたんです、日曜日に」

「どうしたもこうしたもないっ。部長が殺されたぞ」

「部長って」

「秦野部長だよ、あんたの大好きな」

「秦野さんが？　殺されたあ？」

森川は電話口で大声を出しました。

まさに、びっくりです。

「ほんとですか、蜂谷さん」

「こんなことを冗談で言えるか」

蜂谷課長は、怒ったような声を出しました。

「ほんとに……ほんとに秦野さんが殺されたんですね」

「ああ、そうだ」

「そんな……」

森川は、足が震えてきました。

蜂谷課長のいうとおり、森川は秦野部長が大好きでした。

『鬼部長』とか『猛烈部長』などと呼ばれ、そのガムシャラな働きぶりは、ある人たちからは恐れられ、ある人たちからは煙たがられ、またある人たちからは、はっきりと嫌われていました。

でも、森川は秦野景吾という人を畏敬していたし、秦野もまた、森川を非常に可愛《かわい》がってくれました。

「首を絞められて殺されているのが、巡回にきた警備員に見つかったそうだ。部長自身のネクタイを使って絞め殺されていたらしい」

「で……それは、いつのことなんです」

かすれ声でたずねると、蜂谷さんはそれとは対照的に、破《わ》れ鐘《がね》のような声で答えます。

「きょうだよ。見つかったのは、つい三時間ほど前だが、殺されたのは今朝らしい」

森川は時計を見ました。夕方の五時をちょっと回ったところでした。

「場所は」

「会社だ」

「会社？」

「ああ、営業部のフロアだよ」

「営業部で！」

森川は、ますます体の震えが激しくなるのを感じました。

尊敬する部長が、仕事場で殺された……。毎日毎日、森川が出勤し、仕事をする、そのフロアで殺されたというのです。

「だけど……」

やっとの思いで森川は言いました。

「きょうは日曜日でしょう」

「日曜日だからこそ、会社の中で殺されたんだよ。なんたって、周りに人がいないんだから。それに、ビルの中への出入りは自由だ。そうだろ」

「ええ……」

蜂谷課長も森川も、ダイワビールの警備上の弱点を知っていました。

休日勤務の警備員が少ないので、社内巡回の頻度は密でなく、しかも本社ビルの夜間休日における出入りについても大きな問題がありました。

会社が休みのさいに使われる通用口は、通常は閉まっているのですが、その扉の脇にはテンキーと呼ばれる、プッシュホンのボタンに似た数字のボードが付いていて、四ケタの暗証番号を押しさえすれば、あっさりと扉は開いてしまうのです。

しかも、その暗証番号は社員なら誰でも知っているものでした。

大半の社員に知られた暗証番号などは、暗証番号の本来の役割を果たしません。

実際、夜遅くに外部のスタッフも交えた会議をやることが多い宣伝部などでは、平気で訪問者に扉を開ける番号を教えていました。

だから、森川がパッと思ったのは、犯人は必ずしも内部の社員だとはかぎらない、ということでした。

「おそらく秦野部長は……」

蜂谷課長の声がつづけました。

「宣伝部への内示を受けたから、残務整理をやっておこうと休日に出てきたんだろう」

そうに違いない、と森川も思いました。

人一倍仕事熱心で、ビシビシと部下を叱る代わりに、自分自身の責任感も強かった部長です。当然、業務の引き継ぎは完璧にやるでしょう。そのためには、土曜も日曜も会社に出てきていたはずです。

　そんな部長が殺されたかと思うと、おもわず涙が滲《にじ》んできました。

「それで犯人は誰なんです」

　いちばん知りたい質問を、森川はしました。

「まだつかまっていないそうだが、詳しいことはおれもわからん。なんせ、総務部長発の緊急連絡網で、やっと事件を知ったくらいなんだから」

「そうですか……」

「だがな、森川」

　蜂谷課長の声が、いちだんと深刻なものになりました。

「部長の殺された現場というか……死に方が、えらく奇妙なものだったらしい」

「奇妙って?」

「犯人のやり口は、いま言ったみたいに、部長がしていたネクタイを引き抜いて首を絞めたらしい。で、部長が倒れていた具体的な場所は、窓際のコピー機の前だそうだが、その部長の死体にはな、まるでシーツでも掛けたように、コピー用紙がどっさりとかぶせられていたそうなんだ」

イメージとして思い浮かべただけでも、たしかに奇妙な光景です。

「それもな、真っ白なコピー用紙をそのまま部長にかけたんじゃない。ある恐ろしい画像がコピーされていた。ものすごい場面がな。それが大量に死体にかぶせられ、さらに営業部のフロアじゅうにばらまかれていたというんだよ」

「……で、何なんです、その恐ろしい画像って」

「部長の顔だよ」

「部長の顔？」

「ああ、グワーッと顔をしかめ、ほんとうに苦しそうな顔がコピーにとられていた」

「………」

「つまりだな、森川。秦野部長は、殺されるときにコピー機に顔を押しつけられ、死ぬまでの苦しみの表情を、そのままコピーに写しとられたらしいんだよ」

四　断末魔の表情が二百五十枚

会社にコピー機は必需品です。

このコピーで、イタズラ半分に自分の手形をとってみた経験のある人は多いでしょう。中には、自分の顔を写してみようなんて、そんな考えを持った人もいると思います。

ところが、実際にコピー機で自分の顔をとろうとすると、これは思ったようにうまくいかない。写真のようにクリアな画像を得ることは無理です。

なぜかといえば理由は簡単で、人間の顔は平面ではないからです。

サラリーマンやＯＬ経験のある人ならば、一度や二度は、上司から『コピーのとりかたが汚い』と叱られたことがあると思います。

濃度が薄すぎる、濃すぎる。斜めにコピーしている。縮小サイズを統一していない――等々、文句をつけられるパターンはいろいろありますが、分厚い本のコピーを頼まれるのはやっかいです。

指定のページを開いてドサッとガラスの上に載せたはいいが、綴《と》じ方の構造上、どうしても見開いた真ん中のところが黒ずんでしまいがちです。それで、センター寄りのところの文字が読めないじゃないか、という怒られ方をするわけですね。

これをきれいにとるには、本の背中の部分をギュッと押しつけるようにしてやるとよい。そこまで気が利くと、細かい性格の上司には喜ばれます。『あの子はコピーのとりかたが上手だ。他のOLも少しは見習ったらどうかね』などという具合に。

ただし、このホメ言葉に対しては、『私たちはコピーをとりに会社にきているわけじゃないんですから』という反論が必ず待っています。

それはともかく、ちょっとでもガラス面から浮いてしまうと、コピーはきれいにとれない。ガラス面から離れれば離れるほど、そこは黒くなってしまうわけです。それも、一センチ離れただけで、グレーというより、もうかなり黒に近くなってしまう。

白っぽい原稿でも二センチ離してコピーすると、黒ずんだ中にも、ようやくその存在がわかるくらいになります。

もうこのへんが物体の判別がつく限界で、ガラス面から三センチ離しますと、完全に何がなんだかわからない。まっくろけです。

実際に自分の顔を真正面からコピーしようとしてみればわかりますが、ガラス面にくっつくのは鼻の頭と唇か、鼻の頭とおでこの二通りの組み合わせしかない。

おでこと鼻の頭と唇の三カ所が同時につくような人は、なかなかいないと思います。

だから、顔の中の二カ所だけは、局部的にしっかりとコピーがとれますが，ほかの部分はぼんやりとしたグレーや黒に写ってしまう。

しかし、このぼんやりと写ってしまう部分が恐いんです。

ちなみに、おでこと鼻の頭をガラス面にくっつけ、目をカッと見開いてコピーをとると、目のくぼんだところがボワーッと浮かび上がってくる。よくみると、ああ、白目なんだな、とわかるくらいに。

そしておでこの部分にはくっきりとしわが刻まれ、垂れた前髪が、意外な生々しさをもって写り込みます。これはなかなかに気持ち悪いものです。

また、目を開けずにギュッとつぶれば、眉間や目の周りのしわがいっそう深く刻まれ、いかにも苦しそうな表情になる。

つぎに、鼻の頭と唇をつけ、口を半開きにしてみたらどうでしょうか。

鼻の穴が鼻毛が見えるほどはっきり写り、さらに半開きにした唇から覗《のぞ》く前歯がキラッと輝いていたりする。ただし、唇の両端のほうはガラス面から遠ざかるため、ほとんど写りません。つまり、鼻の穴周辺と口の中央部だけが、黒い画面にぽっかりと浮かび上がっている構図になる。

これもまた、けっこう不気味な画像です。

さらに顔を横向きにして、ギュ－ッと目を閉じてみたらどうか。

この場合は、頬から耳にかけてのコピーがしっかりとれます。毛穴まではっきりと写るほどのリアルさです。そして、目尻のしわがかなり強調される。

でも、鼻や唇はほとんど写らない。

どんな角度からガラス面に押しつけても、人間の顔のコピーは、暗闇の中から目や鼻や口の部分部分が浮かび上がってくるような画像になるので、ほんとうに気持ちのよいものではありません。

こんなものを何枚もとって机の引き出しにでも入れていたら、おそらく人格そのものを疑われてしまうでしょう。

それほど気持ち悪い人間の顔のコピーが、もしも、死の直前の表情だとしたらどうでしょうか。

目を閉じ、あるいは目をカッと見開き、口を苦しそうに歪《ゆが》めたり、何かを叫ぶように開いたり、額の髪の乱れが写っていたり……。

それが、断末魔の苦悶《くもん》の表情だとしたらどうでしょう。それも、一枚や二枚のコピーではなく、ぜんぶで二百五十枚もあったとしたら……。

営業部長の秦野景吾が殺されたダイワビール営業部のフロアには、まさにそうした猟奇と狂気の入り交じったコピーが、いたるところにばらまかれていたのです。

いってみれば、秦野部長のデスマスクが二百五十も、会社のあちこちに転がっているようなものでした。

そのうち百枚ほどは、コピー機の前に倒れた部長の死体を隠すように、その上にかぶせられていました。そして、残り百五十枚ほどが、営業部員のデスクや、デスクの間の通路などに、ところかまわず撒《ま》かれている、といった状態だったのです。

これは、のちに警察の調べでわかったことなのですが、その断末魔の表情には、一枚として同じものがなかった。

つまり秦野部長は、コピー機がおよそ二百五十枚分の『顔』を吐き出す間、ずっとガラス面に顔を押しつけられていたことになります。

むろん、必死の抵抗も試みたようで、顔が離れて完全に真っ黒になっていたコピーもあれば、手をついて起き上がろうとしたのでしょう、一面、秦野部長の手のひらだけ、という構図もありました。

この状況は、第一発見者の警備員と、押っ取り刀で駆けつけた総務部長と副部長、それに神林常務など、社員でもごくごく限られた人しか見ていません。

そこから緊急連絡網の電話によって、どんどんと情報が伝播《でんぱ》していったのですが、その過程において、話にはだいぶ尾ヒレがついたりもしました。

ともかく、断末魔の表情をコピーにとりながらあの猛烈部長の秦野さんを殺したのはいったい誰なのだろうと、あくる月曜日の社内は、先週末の人事異動騒ぎなど目じゃないくらいの大騒動になっていました。

＊　＊　＊

「いやいや、気持ちが悪いよなあ、あそこにあったコピーだぜ、あのコピー機に顔を押しつけられながら、秦野さんは殺されたんだ」

朝から、営業部のフロアには蜂谷さんの声が響き渡ります。

週末の金曜日に居酒屋チェーン『どかちゃか』へ出向の内示を受けたときの意気消沈ぶりはどこへやらで、やたらと蜂谷さんは元気がいい。

正式な辞令が発令されるのは今週の金曜日ですから、社内での異動の場合は、それまでに机の移動や引き継ぎをすませておけばよい。しかし、別会社への出向で、しかも場所が広島となる蜂谷さんの場合は、水曜日には、もう広島へ赴任しなければならない。

ですから、蜂谷さんがこのフロアにいるのも、きょうを含めてあと二日間です。

宣伝部へ横滑りする秦野部長ともども、蜂谷さんの送別会を、至急火曜日にとりもとうかという話が持ち上がっていたところへもってきて、この事件ですから、送別会どころの騒ぎではなくなってきた。

でも、蜂谷さんにとっては、この大騒ぎこそがなによりの送別会、といった張り切りようです。

「しかし、問題はだ」

名探偵気取りで腕を組みながら、蜂谷さんはコピー機のあった場所を見て言いました。

「なんでまた、部長の苦しむ表情をコピーするなんていう悪趣味なことを犯人がやったのか、だ」

問題のコピー機は、警察が証拠品として押収してしまったので、いまはそこの場所がぽっかりと空いています。その空間が気持ち悪い。

現場検証は日曜日のうちに終わっているので、べつにロープが張られているわけでもなく、社員はそこを自由に通れるのですが、さすがに誰も近寄ろうとはしません。

「きっとアレじゃないですか」

意見を述べはじめたのは、去年のうちにすでに係長になっている、森川の同期の倉本陽一《よういち》です。

「やっぱり、これは怨《うら》みですよ。犯人は秦野部長に対して怨み骨髄に徹すで、その怒りが噴き出して首を絞めにかかったけれど、そのさいに、憎しみを表現する手段として、コピーをとるなんて猟奇的なことをやったんでしょう」

「だけど、二百五十枚もコピーをとる間、ずっと顔を押えつけていたなんて、ものすごい執念じゃない？」

と、営業課の庶務デスク、三十五歳のベテランＯＬ豊田《とよだ》さんが言います。

「だいたいあそこにあったコピーのトレイには、二百五十枚以上は紙が入るから、きっとそれが空っぽになるまで、犯人はコピーをとりつづけたことになるわね」

「でも、ひょっとしたら、秦野部長自身がボタンを押し続けた可能性だってありますよ」

森川が新解釈を述べたので、蜂谷さんをはじめ、みんながエッという顔で彼のほうを見ました。

「だって、コピーのガラスに押しつけられた部長は、当然、身を起こそうとするでしょう。そのとき、機械の端っこにある再生ボタンを押しっ放しにしたかもしれないし、枚数ボタンを二百五十枚とか、それ以上の数になるよう押してしまったかもしれない」

なるほどー、という納得の声があちこちであがった。

「さすが、東大ですな。発想が我々とは違うわ」

またしても蜂谷さん、最後の最後まで、森川の出身校にこだわります。

「しかし、おれは偶然にあのコピーがとられたとは思わないねえ。やっぱり、なんといっても犯人に変態というか、偏執狂的な要素があったと考えたいね」

「でもですよ、蜂谷さん。秦野部長が……」

と、同期の倉本が反論を述べはじめるのを聞きながら、森川は、変だぞ、と思いました。

（みんな気がついていないようだけれど、いまの蜂谷さんの発言の中の『あのコピー』というのはなんだ、『あの』というのは……）

そういった指示代名詞が口をついて出るということは、蜂谷さん自身が、問題のコピーを直接目にしているからではないか——森川はそう思ったのです。

でも、警察の立ち会いのもとで実物を見たのは、社内でもごく数人で、その中に蜂谷さんは入っていません。それでも蜂谷さんがコピーを見たとなると……。

（蜂谷さんが犯人？）

森川はゾッとした表情になって、蜂谷さんを見ました。

よくよく考えれば、蜂谷さんこそ、秦野部長に対する最大の怨みを抱いていた人間であるといえなくもない。

ダイワビールの場合、各部の部長は、少なくとも課長クラスまでの人事については、かなり自分の意見が通ります。もちろん、出向先までは決められないし、出向させろという意見も言えない。しかし、そうせざるをえないような方向へ、意見を具申することはできます。

同じ出向先でも、『ダイワフーズ』や『ダイワ・フォーラム』行きを命じられた者については、あまり左遷というイメージはなく、しばらく違う分野の仕事をやって成長してから戻ってこい、という言葉も、必ずしもうわべだけの激励ではない。

現に、そういった出向先で業績をあげた人は、必ず出世する形で本社に戻ってきます。

ところが、居酒屋チェーン『どかちゃか』へ出向を命ずというのは、役員を別にすれば、なんと初のケースだった。資本は出しても社員は出さず、というのがダイワビールと『どかちゃか』の関係でした。

その慣例を破っての初出向ですが、これは誰の目から見ても懲罰人事であるのが明らかでした。

何が懲罰対象になったかといえば、やはり蜂谷さんの口の軽さでしょう。

さすがに商品関連の企業秘密は洩らさないが、人事関連となるとまったく違う。『蜂谷は、こっちであっちの悪口を言ったかと思えば、次の瞬間には、あっちでこっちの悪口を言っている。やつはどっちつかずのコウモリだ。これから名前をハチヤじゃなくてコウモリヤに変えさせろ』などと、一部役員の逆鱗《げきりん》に触れたほど、社内工作が大好きです。

どこの会社にもいるでしょうが、上役や同僚や仕事先の悪口を、自分の意見としてではなく、他人の意見として述べながら悪い噂を撒き散らす、というやり方です。

そんなことをするなんて見下げたやつだ、などと軽蔑するだけで済まないのは、実害が出てきているからです。

つまり、蜂谷さんが意図的に流した噂話を真《ま》に受けた社内社外の人間が、たがいに何の悪感情ももっていなかったのに、急に険悪な関係になってしまうことが一度や二度ではなく起こったのです。

　何度かそうした事件が繰り返されたのちに、これは蜂谷課長の噂話が原因だとわかった。それで、蜂谷さんがもったいぶってささやく話は絶対真に受けないようにしよう、ということになったのです。

　が、そこはそれ、他人から悪口を言われるような身に覚えのある人間がゴロゴロいるサラリーマン社会です。作り話だとわかっていても、蜂谷さんがマジメな顔で『いやあ、このあいだ酒を飲みにいったら、Aさんがおたくを悪《あ》しざまにケナしていましてねえ。腹が立ったなあ、あれには』などと言えば、おい、それはほんとうか、と半分くらい信じる気持ちになってしまう。

　なにしろ人を信じ込ませる話術がうまいんです、蜂谷さんは。

　若き営業マン時代は、この話術というか詐術で実績をあげていったとの噂もあるくらいで、これは蜂谷さんが営業課長としてここまで生き延びてきた最大の武器でした。

　でも、こうした蜂谷さんのやり口は、正義漢の秦野部長にはガマンがならなかった。彼の存在自体が、いかに会社にとって弊害であるかを、ことあるごとに口にしていたのが、ほかならぬ秦野部長だったのです。

（だから蜂谷さんが部長を殺した犯人だという可能性は大いにある）

「なんだ、森川」

　自分を見つめている森川のいわくありげな視線に気づいた蜂谷さんは、彼に向かって問いかけました。

「なにか言いたそうな顔をしてるじゃないか」

「……あ、いえ、べつに」

「そうか？　それならいいけど。……でも、おまえも秦野部長に可愛がってもらってい
たから、こんどの事件は悲しいよな、ショックだよな」

　そういう切り出し方が、いちいちイヤミな含みをもっている。あと二日しかいない人
だから、と思っても、森川としては気が重くなります。

「そういえば、秦野部長の推薦があったから、おまえもめでたくこんどの人事で係長に
なれたんだよな。だから、恩人というわけだ、秦野さんは」

「………………」

　そういう言われ方をしては、肯定も否定もできません。

　黙っていると、さらに蜂谷さんはつづけます。

「だから、さぞかし悲しくて、きょうは目を真っ赤に泣き腫らしてくるかと思ったら、
あんがい冷静だな」

「そんなことはないですよ。冷静でいられるわけないじゃないですか」

「だけど、きのう電話でおれが第一報をしらせたときも、淡々とした口ぶりだったぞ、おまえは」

「あれはねー、ショックでロクに口も利けなかったんじゃないですか。それくらい、電話でしゃべっていてもわかるはずでしょう」

「まあまあ、そうムキにならないで、ムキに」

蜂谷さんはニヤニヤ笑いながら、森川を手で制しました。

どうやら蜂谷さんのペースになってきた。

「でもアレだよなあ、森川。こういっちゃナンだが、ある意味でおまえも楽になったんじゃないのか、秦野部長がいなくなったことで」

「どういう意味ですか、それ」

さすがに森川も、聞き捨てならないという顔で、蜂谷さんを睨《にら》みつけました。

周りの連中も、おもわぬ成り行きに興味津々《しんしん》の表情です。

「だってアレですよ、おたくも過剰な期待をかけられていたから、相当バテ気味だったんでしょう、正直なところ」

敬語がはじまりました。

「なんせ秦野部長ときたら、なにかといえば、森川、森川で……。ねえ、豊田さん」

庶務デスクの女性にあいづちを求めてから、蜂谷さんは、また森川に向き直ります。

「あれは、おたくにとっては、うれしい反面、ありがた迷惑っていうか、プレッシャーになっていたと思いますよ。おまけに、これはここだけの話だけど、金曜日の内示があった後で、秦野さんは近いうちにおたくを宣伝部に引っぱりたいと洩らしていましたからね」

「そういうね、口から出まかせを言わないでくださいよ」

「出まかせ？　そりゃ人聞きが悪いですなあ」

腕組みをしながら、蜂谷さんは、カッカカッカッと特徴的な笑い声をあげました。

「私が口から出まかせを言ったことがありますか」

「大アリじゃないですか、蜂谷さんの場合は」

「なに？」

森川の意外な反発に、蜂谷さんは顔色を変えました。

「『口から出まかせ』で悪ければ、『口からデマ』って言い直しましょうか。それとも『口からデタラメ』って言いましょうか。いつだって、蜂谷さんの話は作りごとばっかりなんだ」

「…………」

みんなの前で、思いもよらぬ攻撃を受けた蜂谷さんは、青々としたヒゲの剃《そ》り跡まで赤く染め、しばらくは言い返す言葉もなく、森川を睨み返しているのが精一杯の状態でした。

「蜂谷さんは、なんだかぼくが部長を殺した犯人だと言いたげな口ぶりだけど、ぼくに言わせれば、さっき蜂谷さんはコピーの件で……」

「まあまあ、まあまあ」

急に蜂谷さんは笑顔になって片手をあげ、森川の言葉をさえぎりました。

そして「申し訳ない」とひとこと言うなり、自分の膝に両手をついて、椅子に座ったまま森川に対して深々と頭を下げました。

そんな反応は初めてだったので、さすがに森川も戸惑って、口をつぐんでしまいました。

「ついつい言葉がすぎてしまいました。ほんとうに申し訳ない」

頭を下げっ放しのまま、蜂谷さんはつづけました。

「私のようにね、出世コースから脱落して都落ちするダメオヤジと違って、森川晶さんは、ダイワビールの期待を一身に担う営業部の若きエース、若き係長です。そんな方に対して楯突《たてつ》いた私が間違っていました。……いや、申し訳ない」

何度も何度も頭を下げてから、蜂谷さんは顔をあげると、人払いをするようにパンパンと手のひらを打って言いました。

「さあさあ、仕事仕事。探偵ごっこは警察にまかせて、お仕事に励みましょうや。ねえ、営業部のみなさん」

謝るが勝ち、というのが蜂谷さんの哲学で、それは、いまのような場面で見事に活《い》かされます。ほんとうは謝っている側が悪く、怒っているほうに理があるときでも、なぜか怒っているほうが悪者に思えるように、お詫《わ》びの先制パンチを繰り出す。これが、憎らしいけれど認めざるをえない蜂谷さんの技です。

一本あり、という雰囲気で、蜂谷さんの周りに集まっていた人間は、みんなそれぞれ持ち場に戻っていく。たしかに殺人事件は大ごとだけれども、実際、営業部としては、いつまでも噂話に花を咲かせてはいられないのです。森川も、外回りに出かける時間が迫っていました。

そんな中で、机の整理だけをやっていればいいような蜂谷さんだけが、取引先の人間からかかってくる事件に関するヤジウマ電話に、懇切ていねいに答えています。

ため息をつきながらその様子を見ていた森川は、外回りのために必要な伝票を取り出そうと、自分の机の広い引き出しを開けました。

その瞬間、彼の顔が真っ青になりました。

秦野部長の歪んだ唇が、彼の机の中で、断末魔の叫びを発しているのが見えたのです。

五　晴れた日には葬儀が似合う

火曜日の午後――

天気は快晴。

典型的な秋晴れの空のもと、秦野景吾部長の葬儀が、横浜市港北区《こうほくく》にある大型団地の集会所でとりおこなわれました。

病気とか事故ならまだしも、殺されたとなると、その背景に関して、周囲がどうしてもあらぬ推測をしてしまうのは、なにも会社にかぎったことではありません。私生活における隣人たちもそうです。とりわけ団地などに住んでいると、こういうときはつらい。

森川も住まいは団地でしたが、ここまで大型ではない。

秦野部長が住んでいる団地は、『大型』というよりも『マンモス』という形容をつけたほうがいい。それほど大規模なものでした。

長方形をした一棟単独でも、じゅうぶん巨大なのに、その棟がA・B・C・D・E・F・G・H・J・K・L・M・P・R・S・T・U・Wまで、IやOやQなど、字面や発音が数字とまぎらわしいものや、N・VなどのようにMやUとまぎらわしい文字は省くという配慮をしつつ、アルファベットが壁に大きくペイントされた棟がぜんぶで十八棟あります。

さすがにダイワビールのエリート部長が住むだけあって、建物のグレードはなかなかのものです。設備だけとれば、マンションと呼んだほうがふさわしいと思えます。しかし、その大規模さゆえに『マンション』という言葉がいまひとつそぐわなくなるのです。

それからもうひとつ。住人どうしの交流の深さ——というよりも、たがいの私生活に対する関心の深さといいましょうか、これがあるので、マンションというよりも団地、団地よりも長屋という感覚に近くなる。

事件が発覚した日曜日の午後から足かけ三日、この団地の住人は、秦野部長が殺された話でもちきりでした。

例の断末魔の表情を二百五十枚コピーしたものについては、一切マスコミには公表されませんでしたけれど、ダイワビールの営業部長が殺されたとあって、やはりテレビや週刊誌の取材陣はずいぶんたくさんやってきました。

だから、団地の奥さんたちも、ちょっとそこらのコンビニエンス・ストアへ出かけるにも、よそゆきの格好をして口紅をつけたりします。

それにしても、奥さんがたは、テレビカメラを向けられると、どうしてかくも簡単にペラペラと『お隣りさん』のプライバシーを話してしまうのでしょうか。

今回の事件でも、秦野さんのことについて、やれ息子さんが大学受験に失敗してそのことで悩んでいたとか、やれ奥さんがプライドの高い方《かた》で人づきあいが悪かったとか、やれ高一の娘さんにボーイフレンドがいて毎晩オープンカーで迎えにくるとか、そういった大きなお世話としかいえない噂話を、ありきたりなホメ言葉のあとに、『でもねえ』という接続詞付きで話すのです。

そんな環境にあって、団地の集会室で葬儀をあげるのは大変です。

ところで、秦野部長くらい会社に貢献していますと、社葬は無理にしても、たいていの場合、社の総務部などを中心に、全社でお手伝いということになるのですが、今回はそれがない。

なぜかといいますと、未亡人となった秦野光子《みつこ》から会社の総務部に対して、非常に厳しい調子で綴《つづ》った文書による申し出があったからです。

それはこういう内容でした。

《主人は会社に殺されました。残された私も息子も、ダイワビールという会社を、それから会社組織そのものをとても憎んでいます。怨んでいます。ですから、会社のほうで主人の葬儀をお手伝いになるようなことはなさらないでください。ただし、ご焼香までお断りしようとは思いません。主人が心から信頼し、また主人を心から信頼してくださった仲間の方もいらっしゃるでしょうから。ですけれども、社としての献花御供物などは一切ご辞退申し上げますので、よろしくご了承くださいませ》

さすがにこの文面には、幹部役員たちをはじめ、顔をこわばらせる者も大勢おりました。

遺族がそんな生意気なことを言うなら、規定の弔慰金を出すのもやめようか、などと気色ばむ役員までいる始末です。どうも『会社に殺されました』というフレーズが、よほどカンにさわったらしい。

不思議なもので、『会社』という法人の人格を批判されたのに、その会社に属する役員社員たちは、みんな自分たち個人が非難されたかのように思ってしまうらしいのです。

「会社に殺された、とはなんだ！」

と、秦野未亡人の文書に烈火のごとく怒った代表格は、なんといっても社長でした。

「いったい、誰のおかげで、いままでメシが食えてきたと思ってるんだ」

と、どこかで聞いたようなセリフをわめいて机を叩きました。

「そんなクソ生意気な女だから、亭主が殺されるんだ。因果応報だ」

ここまでくると門外不出のセリフです。

社長がこんなぐあいですから、役員一同右へならえ、で、さらには部長・次長・課長あたりにまで、秦野家は失礼だ、というムードが広がってきた。

あれだけダイワビールのために働き、ダイワビールのために目に見える功績を残してきた秦野部長なのに、殺されて二、三日のうちに、いつのまにか『秦野は失礼だ』という論調が主流になってきたのですから、会社に所属する人々は、ほんとうに個人という概念を忘れてしまいやすいものです。

知らず知らずのうちに、自分が法人と一体化していることに、おそらく気づいていないのでしょう。

しかし、それでも秦野部長の葬儀に来る者は少なくありません。やはり奥さんが述べていたように、部長を個人的に慕っていた人間もたくさんいるのです。

とくに、女性社員の数の多さが目立ちました。

鬼部長の異名をとる秦野さんなのに、OLたちにはずいぶん人気があった。それはおそらく、強い男がみせる特有の、女性への気配りや優しさのせいでしょう。

男性社員の顔ぶれを見ますと、もちろん、森川がいます。それから、本日をもって東京での生活に別れを告げる蜂谷さんもやってきました。

なんだかんだと人間性に疑問を投げかけられ、森川からも煙たく思われ、さらには殺人事件の犯人ではないか、との疑いを抱かれている蜂谷さんですが、この人のえらいのは、葬儀に出るとなると、まさに自宅の門を出るところから、徹底して神妙な顔になるところです。

ところが大方の男性社員は、最寄り駅で下車して葬儀会場へ向かうまでの間、あんがいよく笑います。

秦野の指揮下に入ることになっていた宣伝部や、経理部の部次長クラスが四人かたまって電車の駅から歩いてやってくるのを観察した人は、黒の喪服に黒のネクタイこそ締めてはいるものの、彼らがやたらとにこやかであることに気づいたでしょう。

駅の改札口や大きな交差点など、葬儀関係者が道案内に立っている場所では神妙にしていますが、そこから離れると、誰からともなく白い歯を見せて、ゴルフの話になってしまう。

信号待ちのときなんか、黒ネクタイを肩から背中にすっとばして、素振りの練習などするやつもいるんですから。

これはなにも、秦野さんの死を軽視していたり、義理で参列してるからというのではありません。サラリーマンは毎日顔を合わせている仲間と群れると、恐ろしいことに、いまがどんな状況なのかも忘れて、自動的に、会社での日常パターンが言動に出てしまうのです。

喪服を着て葬儀会場へ向かっているのに、いまから近所のソバ屋に昼メシでも食べにいこうか、という気分になっているんですね。だから、平気でゴルフの話題や会社の仕事の話が出るし、アハハと楽しそうに笑ったりもする。

で、ようやく会場に至る最後の曲がり角を折れる段になって、

「おい、いくぞ」

と、一人が声をかけ、それを合図に、急に表情を引き締める、といったあんばいです。中には、焼香の順番を待っている間ですら、前後の人間と冗談を言いあって軽い笑い声まで立てる輩《やから》がおりますが、善意に解釈すれば、彼らは不謹慎な人々なのではなく、会社の仲間を見ると、そこが会社空間だと思ってしまう条件反射に陥っているだけなのです。

葬儀会場にきても、まだオフィスにいる感覚でいるわけですね。だから、ちょっと知った顔に出会うと、つい、目と目でにっこり笑って合図する。

そこへいくと、蜂谷さんは立派なものです。葬儀のときは、電車に乗り込むところから絶対に笑顔を見せないのですから。

さて——

会社の関与を拒否した葬儀だけあって、よけいな弔辞などもなく、式次第は淡々と進んでいきました。

前のほうに陣取った森川からは、遺族の表情もよく見える。

喪主は奥さんで、子供が二人。大学受験に失敗して一浪中の息子と、ちょっとハデな感じの高一の娘の、以上三人が遺族になります。

秦野部長にいたく気に入られている森川でしたが、部長は、世間によくいる上司のように、部下を自宅に連れていくことはしませんでした。

秦野部長の家庭は複雑らしいよ、という噂が流れていたのも、彼がほとんど私生活を見せないからでした。子供の反抗に悩み、奥さんともうまくいっていない。そんな評判が立っていたのは事実です。

ですから、森川にとっても、他の多くの社員にとっても、部長の家族を見るのは葬儀の場が初めてでした。

高校生の娘は髪の毛を茶色に染めていて、これは父親のイメージからすると、ずいぶん意外に思えました。

窓から差し込む日差しが彼女の髪に当たって、その茶色がいっそう明るくハデに見えます。でも、さすがに顔立ちには秦野部長を彷彿《ほうふつ》とさせるものがある。

十八歳になる息子はやたらと背が高く、一メートル八十は、ゆうに超していそうです。全体として母親似ですが、眉のあたりはやはり部長と相似形です。でも、なんとなく気の弱そうな風貌です。

そして奥さんは――

森川はびっくりしました。

こんな険しい顔をした人だとは思わなかったからです。夫を失った悲しみでそういう表情になったというよりは、もう何年も前から少しも楽しいことはなかった、という顔をしているのです。

そして、涙は一つもみせずに毅然《きぜん》としていました。

息子や娘は、それでも衝撃を面に表していますが、奥さんは何かと対決するような強い意志をもって、キッとした視線で夫の遺影を見ています。

やがて出棺となり、喪主の挨拶になりました。

森川の隣りには蜂谷さんがいます。

「おう」

ポンと森川の肩を叩いて、蜂谷さんはそう言いました。

森川は、ちょっとうなずいただけで無言です。

とても九月の末とは思えぬ、まるで夏のような直射日光が厳しく、さっきから森川の額には、びっしりと汗の粒が浮かんでいます。喪服が黒だけに、太陽光線の熱をよく吸収して、ストーブに当たっているようです。

森川は、白いワイシャツの襟をギュッと締めている黒ネクタイを緩めたくなりましたが、そうするわけにもいかない。

　とにかく日差しのまばゆさだけ見ていると、めまいすら覚え、蟬時雨《せみしぐれ》がジャーッと聞こえてきそうな錯覚に襲われます。

「本日は……」

　喪主である奥さんの挨拶がはじまりました。

「ありがとうございました」

　決まり文句は使わず、本日はありがとうございました、という出だしです。

「秦野は……」

　間をおいてから奥さんは言いました。

「会社人間でした。ほんとうに会社が好きな人間でございました」

　その言葉に、弔問客の間にざわめきが起きました。とくに、ダイワビールの社員たちの間からです。

「ですから、殺されたことそのものは無念だったでしょうが、会社で死ねたことについては、本人はよかったと思っているのかもしれません」

　さすがにこの言葉には、ざわめきというよりも、どよめきが起こりました。

　森川はたまらなくなって、さっきから窮屈に感じられていたネクタイを少しだけ緩めようと、右の人差指を結び目のところに引っかけました。

と――

　そのときです。森川の脳裏に、なにかひらめくものがありました。

（部長は、自分がしていたネクタイを引き抜かれ、それで首を絞め殺された。でも……）

　でも、の後に、大きな疑問が広がりました。

「本日は、どうもありがとうございました」

　また同じ言葉を繰り返して、奥さんは挨拶の言葉を結びました。

　それと同時に、森川は、総務部長の安西《あんざい》さんが近くにいたことを思い出し、その姿を目で追いました。

　安西さんは、五メートルほど離れたところにいました。森川は、早足でそのそばへ近づきました。

「部長」

　小声で呼びかけると、安西部長は安西部長で、どういうわけか森川にギョッとした目を走らせました。

「なんだね」

「ちょっとお伺いしたいことがあるんです」

　そう言いながら、森川は人込みからちょっと離れた位置に安西部長を誘い出しました。

「部長は、秦野さんの殺された姿をごらんになったのでしょう」

「ああ、警備員からの急報で駆けつけ、警察の人といっしょに見た」

「そのとき、部長はどんな格好をしていました」

「どんな格好というと？」

「洋服です」

「ああ……紺のブレザー風のジャケットに、グレーのスラックスだったな」

「シャツは？　ワイシャツは白でしたか」

「いや、うーん、どうだったかなあ」

安西部長は、思い出すように目を細めました。

「たぶん、薄いブルーだったような気がするなあ……。ちょっとスポーティな感じのデザインのね」

「で、ネクタイは」

「やはりブルー系だったが、ローズ色の柄があしらってあって、ずいぶんとハデなやつだ」

「それは、まちがいなく秦野さんのネクタイなんですね」

「だと思うよ。あのハデな柄は前にも見覚えがある。部長会議で、秦野さん、若いですなあ、と、そのネクタイの柄をひやかしたことがあるからな。それに、奥さんも、そのネクタイが本人のものであると認めているようだが」

「……そうですか」

「どうかしたかね」

「いえ……」

森川は、口をつぐみました。

すると、こんどは総務部長のほうから質問が飛んできました。

「ところでなあ、森川君」

「はい？」

「ちょっと、あっちへ。ちょっ……ちょっと」

安西さんは、森川をさらに離れた木立のほうへ誘いました。

出棺を見送る人々のかたまりから、だいぶ離れたところまできて、安西部長は森川をふり返り、そして言いました。

「なあ、きみ。私がこんなことを言ったからといって怒るなよ」

「は？」

「きみ、心に疚《やま》しいことはないね」

「やま……しい？」

びっくりして、森川は聞き返しました。

「疚しいことがあるか、とは、どういうことなんですか」

「きみが我が社きっての有能な営業マンであることは、総務部長の私も、人事部長の岡《おか》山《やま》君も認めている。そして誰よりも、秦野部長が高い評価をしていた。いまだからこそいうが、ボーナスの査定については、同期の中できみはトップ3に入っていた。係長昇進は早川や倉本のほうが早かったが、たまたまあのときは係長の空きポストが二つしかなかったのでね。あれは運だ」

なんでまたこんなところで、総務部長が森川をホメはじめるのか。

森川は不安な表情で額の汗をぬぐいました。

「社員の中には、チームワークの大義名分に隠れて、めんどうな仕事は他人に押しつけ、できるかぎり自分は楽をしようとする者がいるが、きみの場合は、なんでもかんでも自分でこなし、他人から仕事を奪ってでも、その仕事に責任を持とうとする。このパワーというのはすごいと、部長会議などの席でも評判だったのだよ。森川晶は、まるで秦野景吾二世だな、とね」

どこかに皮肉もまじっているような言い方です。

「それでな」

革靴のつま先で、地面に落ちていた石を軽く蹴飛ばすと、安西さんは言いました。

「そういうきみにかぎって、まず間違いはないと思うのだが」

「なんですか、もったいぶらずに教えてくださいよ」

「じつはな、今回の秦野君の事件のこともあったが、もともと大異動にからむ机の配置替えの準備などで、月曜日は朝早くから総務部員を出勤させていたのだ。各部署の新しいレイアウトを決めるためにな」

「……………」

「それで、電話の内線についても新しくやり替える必要があって、机の下のコードを整理する作業を朝八時から行っていた。みんなが出勤してくる前にね」

森川は、総務部長が何を話そうとしているのか、まだわからずにいました。

「で、たまたまきみのいま座っている机の下に電話用のコンセントがあったものだから、そこを点検するため机を動かさざるをえなかった。それで、総務の若い連中が森川君の机をよいしょと持ち上げたところ、コードが机の脚にからまって、支えていた机がグラッと片方に傾いたんだな」

急に総務部長の話が詳しくなりました。

「そうしたら、鍵の掛かっていなかった広い引き出しがバッと飛び出して……」

安西部長は、そこで口をつぐみました。

森川は真っ青です。

誰かが彼の机の引き出しに入れておいた秦野部長の苦悶の表情のコピーを、総務部の人間に見られていたのです。

「あ……あれは……」

森川が弁解をするより先に、安西部長は言いました。

「作業の指揮をとっていた課長の種田《たねだ》君もびっくりしてねえ、八階にいた私のところへすっ飛んできたんだよ」

森川は呆然《ぼうぜん》としながら、離れたところに停《と》まっている霊柩車《れいきゅうしゃ》のほうへ目をやりました。

すると、いま話に出た総務課長の種田さんをはじめ、数人の総務部員が、なんと森川と安西部長のほうを見つめながらヒソヒソ話をしているのが目に入りました。

森川と目が合うと、彼らはピタッとしゃべるのをやめ、顔をそらしました。

(疑われている……)

森川は愕然《がくぜん》となりました。

(おれは疑われている)

「でも……でも……」

「それで、念のために他の連中の引き出しも開けてみた。このさい、プライバシー云々《うんぬん》は言っておれんのでね」

森川の言葉を待たずに、安西さんはつづけます。

「しかし、例のコピーが引き出しにしまってあったのは、きみの机だけなんだ。それも一枚じゃなくて、十枚以上入っていたねえ」

「ですから、ですから、あれはきっと犯人が」

言葉が空回りしそうになるのを必死に抑えて、森川は言いました。

「犯人が、ぼくを巻き込もうとして……つまり、ぼくが秦野さんを殺したのだと見せかけようとして、それでそんなことをしたんです。だってそうでしょう」

いまにも総務部長の袖にすがりつかんばかりの勢いで、森川は訴えました。

「ぼくが犯人だったら、わざわざ証拠になるようなものを、鍵の掛かっていない引き出しに入れておくはずがないじゃありませんか」

「そりゃそうだ」

そりゃそうだと言いながら、安西部長の顔には、そりゃそうだ、とは書いてありません。

「しかしね」

やっぱり、しかしね、と来ました。

「しかしね、森川君。いちおう我々も、今回の事件に関しては、どんな細かなことでもいいから、気づいたことはすべて警察に報告をするように言われているのだよ」

「えーっ」

おもわず、森川は叫びました。

「じゃあ、そのことを警察に話したんですね」

その質問には答えず、安西部長は、無言で森川の背中のほうに目をやりました。

その視線を追って、森川もふり返ると、ちょうど秦野部長の亡骸《なきがら》を乗せた霊柩車が、ゆっくりと動きはじめるところでした。

でも、いまの森川にとってはそれどころではない。

反論のつづきをしようと安西さんのほうに向き直りました。

が、安西総務部長は、そんな森川をまったく無視して、霊柩車とそれにつづく黒塗りのハイヤーの列に向かって、深々と頭を下げました。

六　辞めたいけれど辞められない

「ばかやろー、こんな会社、辞めてやる」

秦野部長の葬儀から自宅に戻ってきた森川は、大荒れに荒れました。

「なんだって、おれがこんなふうに疑われなくちゃならないんだ。おれが秦野部長を殺すなんて、そんなことがあるかよ」

と言って、リビングのテーブルをドンと叩く。

その向かい側には、妻の悦子が座っています。

すでに悦子は、ひととおりのいきさつを夫である森川から聞かされています。でも、まだ彼女のほうからは口を開かない。

「だいたいおれには、もう犯人の見当がついているんだ」

湯呑みに残っていた冷めたお茶をガブッと飲んでから、森川はつづけました。

「蜂谷だよ、蜂谷。あのばかやろー蜂谷が、こんどの異動で飛ばされたのを怨んで、秦野さんを絞め殺したんだ」

そうわめきながらも、森川の頭の片隅では、ネクタイのことが引っ掛かっている。

じつは、秦野さんが自分自身のネクタイを引き抜かれ、それによって絞め殺されていたという事実に対し、森川は大きな矛盾を感じていたのです。そして、その矛盾を解決しようとすると、ある犯人像が浮かび上がってくる。

その犯人像とは、蜂谷さんではない、別の人物です。

しかしその一方で、森川を事件に巻き込もうとする人間は、蜂谷課長の他には考えられません。

「ねえ、アキラ」

ダージリンの紅茶をいれたティーカップを揺すりながら、悦子は言いました。

「疑われて怒るのはわかるけど、それと会社を辞めることとは関係ないんじゃない」

「どうしてだよ、関係あるよ」

憮然として、森川は言いました。

「毎日毎日一生懸命働いて、会社のために人一倍頑張っているこのおれを、どうして犯人だなんて簡単に疑えるんだ。それも、総務部長がだぜ。あの気色悪いコピーが机の引き出しから出て来たとしても、きっとこれは森川を罠《わな》に陥れようとしている者のしわざに違いないと、そういうふうにどうして考えないんだ。だいたい腹が立つのは……」

森川は、バンとテーブルを叩きました。

「それを見つけておきながら、知らん顔でそのままにして、おれの反応を窺《うかが》っていたことだ。陰険じゃないか、そういうのは」

「そのコピーはどうしたの」

「見つけてすぐに、鍵の掛かるほうの引き出しにしまっておいたけど、総務の連中が知っているとわかったからには、そんなものとっておけないだろ。秦野さんの葬式が終わって会社に戻ってすぐに、安西部長に突きつけてやったよ。こんなものが引き出しに入っていた程度のことで、ぼくを疑うのなら、勝手に警察に突き出せばいいじゃないですか、ってね」

　話しているうちに、森川はだんだん興奮してきました。

「そんなふうに会社に疑われたら、何もかもイヤになっちゃうじゃないか。いいかげん虚しくなってしまうじゃないか、そうだろ」

「だから辞めたくなった、ってわけ？」

「そうだよ」

「じゃ辞めれば」

　悦子は、あっさり言いました。

「辞めればあ？」

　森川は、目をむきます。

「じゃ辞めれば、とはなんだよ、じゃ辞めればとは」

バンバンバンとテーブルを叩く。

「いまおれが辞めたらどうなるのか、おまえ、わかってるのかよ。ロクに貯金もないいまの状態で、生活ができると思ってるのかよ。え、悦子の校正のアルバイトで、その場をしのげっていうの？」

「じゃ、辞めるのをやめれば」

またまた悦子は、あっさりと言いました。

そして、ゆっくりと紅茶を飲む。

「なんだ、おい……なんだよ、いまの言い方は」

森川は気色ばみました。

そして、まるでチンピラがいちゃもんをつけるときのように、首を斜めに傾けながら言いました。

「辞めるのをやめれば、だって？　ふざけてんのか、おまえ。おれはマジなんだぜ。まじめに悩んでいるのに、その言い方はないいんじゃないか、え」

すると、悦子はティーカップを静かに受け皿の上に戻し、森川が驚くほどしっかりとした目で彼を見つめ、こう言ったのです。

「甘いんじゃない？　アキラ」

「あま……い？」

「そうよ」

「どこが甘いんだ」

「ダイワビールを辞めたいんだったら、それはアキラの判断だから、私は止めないわ。だけど、辞めたらその日から生活に困るなんて、当たり前のことじゃない。私のアルバイト代を足しにしようなんて、そんな発想を持たないでよ。辞めるんなら辞めるなりの計画が必要でしょ」

「………」

「子供じゃないんだから、次の仕事も決めないで、場当たり的に会社を辞めるなんて甘い、って言ってるわけ」

「ふざけんな、このやろー！」

バッカーンと拳でテーブルを叩くと、森川は椅子を後ろに蹴倒して怒鳴りちらしました。

「おまえなあ、誰のおかげでメシが食えてると思ってるんだよ。誰のおかげで、毎日毎日、遺跡めぐりなんかして遊んでいられると思っているんだよ」

「趣味に使うお金は、ちゃんとアルバイトで稼いでいます」

森川を見上げながら、悦子はピシッと言いました。

だけど、森川は納得しない。

「おれが言いたいのはね、おまえがそうやって遊んでいられるのも、基本的な生活費をおれが稼いできているからできる、ってことなんだよ。その感謝の気持ちを忘れて、辞めるのに計画性がないとは、よくも言えるもんだな」

「私は遊んでなんかいないわ」

悦子は悦子で引き下がりません。

「これは勉強よ」

「勉強でも遊びでもいいけどさ、どっちにしたって、生活の責任はぜんぶおれにおっかぶせて、呑気なもんだよ。勝手だよな、女って」

「アキラ……悪いけど私を怒らせないでよ」

こんどは、悦子がすごみます。

「最低限の衣食住をあなたが保証するのは、結婚した時点での約束事でしょう」

「そんな約束は、したおぼえはない」

「おまえは働かなくていいと言ったのは誰よ」

「おれだ」

「じゃあ、約束したじゃない」

「それが、おれに対して感謝をしなくてもいいという約束になるのか」

「わかってないのね」

悦子も、怒りを抑えられずに立ち上がりました。

リビングのテーブルをはさんで、二人は睨み合います。

「結婚をして妻を家庭においておくということは、生活費は夫が稼ぐという取り決めを二人でしたことになるのよ。それについては、感謝とか精神的な貸し借りとかじゃなくて、根本の約束事なのよ。それがイヤなら、最初から私にも働けといえばいいのよ。私だって、お勤めするのがきらいだと言ってるんじゃないんだから」

「精神的な貸し借りはナシだって?」

森川は歯をむいて怒りました。

「土砂降りの雨の日も、凍えるような木枯らしの吹く日も、汗ダラダラのクソ暑い日も、歩きとバスと満員電車を乗り継いで会社に行って、朝早くから夜遅くまで毎日毎日外回りに明け暮れて、販売店のオヤジに小言は言われ、上からはケツを叩かれ、ストレスで気が狂いそうになる思いをして働いているのは、いったい誰のためだと思ってるんだ」

「自分のためでしょ」

「なっ……なっ……」

森川は、あまりのことに言葉も出ません。

「あなたはずるいわよ」

悦子は畳みかけました。

「口を開けば『会社のためだ』『おまえのためだ』って言うけど、ほんとうは自分の満足のために、そうやってガムシャラに働いているだけなんじゃない」

「そうじゃない、おれが頑張らなければおまえだっていい暮らしはできないし、会社だって業績は上がらないんだ。なんたってバカばっかなんだから、周りは。おれがいなきゃ、はっきりいってダイワビールの城南エリアの売上はどれだけ……」

「変わらないわよ」

「なにーっ！」

「そういうふうに思っているべきなの」

逆上する森川に対し、教え諭すように悦子は言いました。

「自分が自分が、というふうに、なんでも自分が前面に出ていかないと会社は大変だっていうのは、完全に幻想だと思うべきよ」

「おまえは、おれの会社での姿を知らないからそんなことが言えるんだ」

「家での姿を見ていればわかるわよ」

興奮しっぱなしの森川と違って、悦子の声には落ち着いた迫力があります。

「ひとことで言えば、アキラは仕事が好きなのよ。会社を休みたいとか辞めたいとか、周りがバカだとか仕事が忙しいとか文句ばっかり言ってるけれど、心のどこかでは、それを楽しんでいるところがあるのよ」

「冗談じゃないよ。誰がこの忙しさを楽しめるもんか」

「あ、そう。じゃ、忙しくなくなればうれしい？」

「………」

「人事異動でヒマなセクションに飛ばされたら忙しくなくなるでしょ。そうなったらうれしいの？」

意外にも、この問いかけが答えづらいことを知って、森川は口をモゴモゴさせています。

「それから、おまえのために、っていうけど、私は、そんな無理をしてまでアキラにえらくなってほしくないのよ」

「ウソだよ」

気を取り直した森川は、フンと鼻先で笑い飛ばしました。

「女はね、すぐにそうやってタテマエを言うんだよ。あなたにえらくなってほしいわけじゃない、ってな。でも、そのくせ、他人よりはいい生活を望んでいるんだ」

「べつに」

悦子は、ゆっくりと首を振りました。

「もしも、いま以上の暮らしを望むんだったら、私はアキラに頑張ってと言わないで、自分で働きに出るわ」

「だけど子供ができたらそうはいくもんか」

森川は森川で、言い分を曲げません。

「赤ん坊が生まれれば、おまえは自宅でのアルバイトもできなくなる。そうなったら、完全におれの収入だけが頼りだ。となると、おれは残業も減らせないし、ボーナスの査定だって悪くなりたくない。おまえだってイヤだろ」

「なにが？」

「自分の亭主が人並み以下の出来で、同期入社の連中にバンバン追い越されていくのを見たりするのは」

「それが錯覚だっていうのよ」

「どこが……どこが錯覚なんだよ」

「私はあなたと違って会社にいないの。それに、ここは幸いにも、会社の人たちが住んでいる社宅じゃないわ。あなたを他の人と比較する環境にないの。だから、あなたの出世が遅れたところで、私は少しも気になることはないし、劣等感はおぼえない。約束してもいいけど、どうしてもっとえらくならないの、とか、お給料が安いじゃない、なんて責めたりはしないわ」

「おまえはそれでいいかもしれないよ。だけど、おれの身にもなってみろ。サラリーマンで出世に取り残されて面白いやつなんているもんか」

「ほらね」

「なにが、ほらね、だ」

「だから、あなたは自分のために働いているんだ、って言ったでしょう」

「………」

「たぶん、子供ができたらできたで、貧乏したら子供たちがかわいそうだ、っていう理屈をふりかざすのよね。だけど、そんなのは全部ウソ。……ううん、ウソっていうと言葉がきつすぎるから言い直すわ。大いなる勘違い、これね」

森川は、しばしの間、黙っていました。

なぜ黙っているかというと、自分でも意外でしたが、悦子の指摘の中に正論を見いだしたからです。

と同時に、その正論を認めたくなかったからです。

だから黙っていた。

なるほど言われてみれば、自分の満足のために一生懸命働いているのかもしれません。会社のために会社のために、と言いつつも、ほんとうは自分が会社の中で立場がよくなることを第一義に考えて働いているのかもしれない。

「もしも、このままあなたが出世コースを歩いていって……」

考え込んでいる森川に向かって、悦子が言いました。

「いまよりもっともっとお給料が高くなっていったら、きっとあなたは、いまよりもっともっと、そのことに頼ると思うわ。お給料の高さをすべての言い訳にするようになるはずよ。『誰のおかげで、こんなゼイタクができると思ってるんだ』って……。私が家庭のことを省みてほしいとあなたに頼むたびに、そういうふうに怒鳴り返されてしまうんだわ。毎日毎日、そういうふうに……」

森川はびっくりしました。

たったいままで強気の姿勢を見せていた悦子が、いつのまにか涙ぐんでいるのです。泣いているのです。

結婚して以来……いや、つきあいはじめて以来、初めて見る悦子の涙でした。さすがに彼はうろたえました。

「私……結婚がこんなものだとは……思って……いなかった」

悦子は、とぎれとぎれにつぶやきました。

「もっと二人でいっしょになって、一つの目的に向かって歩いていけるものだと思っていた。それなのに、あなたは仕事仕事……会社会社……。それで私が意見を言うと、すぐに、誰のおかげで、とか、誰のために、とか……」

立ったまま、悦子は堰《せき》を切ったように泣きじゃくりはじめました。

両手をテーブルの上について、うつむいた格好で泣きはじめました。

ポタポタと涙のしずくが落ちていきます。

悲しくて泣いているのと、口惜《くや》しくて泣いているのと、その両方がまじって、悦子はほんとうに切なそうな声をあげて泣いています。

その間、森川はどうしているか。

これがまた、黙っているだけで何もしない。

悦子の肩をやさしく抱いて、ごめんね、とか、ぼくが悪かった、などと言うべきだろうと頭の中では彼もわかりはじめている。

さきほどの悦子の言い分も理解できたし、悦子の涙にも大いに同情した。そして、すまないと反省もしているのです。

ところが、それを口に出して言えない。

やり直しをするチャンスが目の前に来ているのに、それができない。

これまで芯の強い悦子に対しては、彼女を守ってあげようとか、いたわってあげようといった気持ちは、あまり持たなかった。

悦子は、ふつうの女性よりも、もっともっと性格的に男っぽいと思っていたのです。

なにしろ、涙を見せないんですから。

だから、かよわい部分を見せられると、森川としては妙に照れたし、戸惑いもあった。

それと、やさしい言葉をすぐにかけてあげられないもう一つの理由があった。

悦子がいま『結婚がこんなものだとは思っていなかった』と言いましたが、森川にしてみれば、彼のほうこそ同じセリフを言いたかった。森川も『結婚がこんなものだとは思っていなかった』のです。

森川は、妻というものは、もっともっと無条件に夫に従うものだと思っていました。私が毎日働きに出ないでのんびりしていられるのも、あなたのおかげよ、と感謝の念を絶やさずにいてくれるものだと思っていました。

まだあります。

夫の出世は、妻にとってもうれしいものだと思っていました。給料やボーナスが上がることが、妻にとっても喜びだと思っていました。

これだけ一生懸命働いてきたのだから、会社の中で夫が出世していくことは、いわばその努力が報われるものとして、妻にとっても幸せなことだと思っていました。

まさか、そういった概念が全否定されるとは思ってもみなかった。

なんといっても、森川は自分の満足のために働いているという意識がまったくなかったのです。

自分は会社によって無理やりハードな勤労の日々を強いられ、そのつらさも、妻のためを思えばこそ耐えているのだと思っていました。

そうした前提がすべてガラガラと崩れていくことは、森川晶としては、どうにも納得のいくものではなかった。

だから、彼は無性に腹が立ってきました。

ほんとうは悦子をいたわってあげなければいけないのに、それができずにいる頑《かたく》なな自分に腹が立ってきました。

そして、彼は八ツ当たりをしてしまいました。

「もうわかったよ。悦子がおれのことを理解してくれないのなら、おれにだって考えがある」

そう言って、彼はプイと隣りの部屋に行ってしまいました。

七　別離の予感

同じ夜――

いよいよ、広島への赴任を明日に控えた蜂谷さんの家では、これはこれで大きな家庭問題が起きていました。

奥さんが、家族で広島行きに同行することを頑として反対して譲らなかったからです。

蜂谷さんの家は、奥さんの他に、高校二年と中学二年の娘二人がいます。

つまり娘たちは、来年になれば二人とも受験シーズンに突入し、再来年の春にはそれぞれが大学と高校に進学するという年頃です。

奥さんはこの娘たちの教育にきわめて熱心で、小学生のころから塾に通わせていました。

蜂谷さんは、奥さんに対して、おまえは少し教育ママすぎるぞと注意するのですが、奥さんはいっこうに聞く耳をもたない。

というのも、奥さんにしてみれば、娘たちを夫のような男とは絶対に結婚させたくはなかった。それで、『あんたたちはお母さんとちがって、立派な男の人と巡り合わなきゃダメ。そのためには、女もそれなりの実力をつけていないといけないのよ』、とハッパをかけていたのです。

夫が出世コースにのらないのは、本人の性格というよりも、人間性による部分が大きいと、奥さんはとっくに見抜いていました。蜂谷さん本人は、まだまだおれだって、と口走るのですが、奥さんは、もうとうに夫の出世はないものと見限っている。

それでも、蜂谷さんは家に帰れば威張っています。完全な亭主関白です。

これに対し奥さんは、正面から衝突してケンカするのもバカバカしいので、ハイハイとなんでも素直に従うそぶりを見せていました。

娘たちも、女三人になると『お父さんなんて、だいっきらい』『ああいうのがセクハラするんだよねー』と文句タラタラ言いたい放題なのですが、父親の前では、とりあえずおとなしくしている。これは、母親から授けられた『生活の知恵』でした。

それを知らぬ蜂谷さんひとりがピエロになっている構図ですね。

さて、先週金曜日、例の内示を受けて顔面蒼白《そうはく》になった蜂谷さんが、いったいその晩、どんな態度で家族にこのことを伝えたか、それを再現しておきましょう。

「おい、みんなちょっとこい、重要な話がある」

夜の十一時という遅い時間に、蜂谷さんは家族三人を茶の間に集めました。

娘たちはべつの部屋でテレビを見ており、奥さんはキッチンのテーブルについて、週刊誌をめくりながらお茶を飲んでいました。

そこへ蜂谷さんが帰宅して、全員集合となったわけです。

「いいか、お父さんはだな……」

と切り出すと、いきなり長女が、

「やだー、お父さん、お酒くさーい」

そして次女も、

「酔っ払ってるときのお父さんて、お説教が長いからやだ」

と、文句を言います。

でも、さきほども言いましたように、母親の教えもあって、父親への抵抗はせいぜいこんなものです。

「お父さんはな、いまお祝いのお酒を飲んで来たんだ。祝賀会ってやつだな」

ほんとうは、新入社員二人を無理やりつきあわせたヤケ酒だったのですが……。

「祝賀会……お祝い？」

ここ当分、夫に昇進の日々は来るまいと思っている奥さんは、けげんそうな顔で問い返しました。

「じつはな、きょう会社で人事異動の内示があって、お父さんは特命を帯びて別の会社に行くことになった」

「なに、トクメイって。匿名希望さんからのリクエスト、っていう、あのトクメイ？」

次女が聞くと、蜂谷さんは、酒臭い息でため息をつきました。

「わかっとらんなー、おまえは。政治改革特命担当大臣、とか言うだろ。あの特命だ。つまり特別な命令を会社から受けて、秘密裡《り》に……秘密裡にはおおげさだが、とにかく重要な仕事をするために、系列の会社への派遣を命じられたんだ」

「どこなんですか。系列といえば『ダイワフーズ』とか『ダイワ・フォーラム』ですか」

と、奥さん。

「ダーメダメ、冗談じゃない。ああいう会社に出向したらオシマイだよ。行ったが最後、帰ってこられない。島流しみたいなもんだ」

言うことが事実と逆です。

「そうじゃなくてな、ダイワグループのエンターテインメント部門の中核をなす企業の、本部長を命ぜられたのだ」

「なあに、エンターテインメント部門て」

こんどは長女がたずねます。

「エンターテインメントといったらエンターテインメントだ。娯楽だよ。高二にもなって、そんな英単語も知らんのか」

「それぐらい知ってるけどー、だからー、娯楽といっても具体的にどんな会社なのかなーとか思ったりしてー」

「ああ、やめんか、やめんか、そういう語尾を伸ばすしゃべり方は」

蜂谷さんは顔をしかめて、ウチワでもあおぐような感じで手をパタパタと激しく左右に振りました。

「お父さんはな、そういう知能程度の低そうなしゃべり方が大嫌いなんだ」

ブーッと長女が頬をふくらませます。

たしかに、蜂谷家の場合は、次女よりも長女のほうが幼い話し方をします。

が、それにはかまわず、蜂谷さんはつづけました。

「ともかく、その会社にだな……」

「ちょっと待ってよ。だから、どんな名前の、どんな種類の会社なの」

次女が問い詰めます。

「大輪興産――大きな輪に、興味の興、産業の産で、大輪興産だ」

「えーっ、なんかヤクザっぽーい」

手のひらに、父親が説明した漢字を書いてみた長女は、そう言うと、さらにつづけて鋭いひとことを投げかけました。

「もしかして、水商売関係？」

一瞬、蜂谷さんは返事に詰まりましたが、すぐに立ち直って答えます。

「水商売といやあ、ダイワビール本体だって水商売だ。今年みたいに長雨がつづくと、お父さんの会社はな、瓶ビールが量産できて助かるんだ。おまえら知っとるか、水不足になるとビールを作るための水も規制されるんだぞ」

「あ、またごまかしてる」

と、次女。

「もしかすると、お父さん、へんな会社に飛ばされたんじゃないの」

言いたいことをハッキリ言う子です。

「バカ者、人聞きの悪いことを言うな」

「じゃ、何やる会社なのよ、大輪興産て」

そこまで聞かれれば、もう答えざるをえません。

「おまえら居酒屋を知ってるか」

蜂谷さんが言いました。

「居酒屋？」

「ああ、『どかちゃか』という居酒屋なんだが……」

「うっそー!」

姉妹が同時に叫びました。

「お父さん『どかちゃか』の店長になるのー?」

「やだー」

「あなた……あの夜遅いテレビで、よくコマーシャルをやっている、あの『どかちゃか』に行くんですか」

「そうだ」

「…………」

奥さんも、さすがにあぜん、です。

「じゃあ、お父さん、ハッピ着て鉢巻き締めて、厚揚げとかシシャモなんか焼いちゃうの」

「いらっしゃい、いらっしゃい、って呼び込みやったりして」

「そうじゃない、そうじゃない、よく聞け」

蜂谷さんは、店長ではなくて本部長なのだと説明をしますが、娘たちは、もうロクに聞かずに大騒ぎです。

「それであなた……」

奥さんが、気を取り直したようにまた口を開きました。

「いったいどこの店長になるんです」

「だから言っとるだろ。店長じゃなくて本部長だと」

「ええ、その本部長ですけど。どこの」

「中国四国本部長だ」

「というと、赴任先は」

「驚くな……広島だ」

「広島」

三人が口をそろえて聞き返すと、

「そうだ」

と、うなずいて、蜂谷さんは急に神妙な顔になりました。

「長いこと住んだこの東京を離れるのは寂しいが、しかし、会社のためとあれば仕方がない。理解してくれ」

「で、いつ行くの」

長女が聞きました。

「一刻も早く手助けに来てくれと先方が悲鳴をあげとるもんだから、来週の水曜には着いてないといけない」

「そんなに急なんですか」

奥さんは驚いた表情を見せました。

「ああ、とりあえずは体ひとつで行くしかないな。荷物などは、あとで順次送ってもらうことになるが」

「そうなんだあ……ほんとに行っちゃうんだ、お父さん」

「そうだ」

「ラッキー！」

と、喜んだ長女の口を、次女があわててふさぎます。

「なんだ、ラッキーというのは」

ヤケ酒で酔っ払っている蜂谷さんには、長女が叫んだ意味がすぐにはわかりません。

それがわかるのは、いよいよ広島行きを明日に迎えた夜のことだったのです。

＊　＊　＊

「なんだおまえら」

明日の支度を整え終わり、茶の間にあぐらをかいてお茶を飲んでいた蜂谷さんは、妻と娘たちから広島に行きたくないと切り出され、まさかという表情になりました。

「それじゃ、おれに単身赴任をしろというのか」

「だって、お父さん。この子たちの学校のことを考えたら、いま東京を離れさせるわけにはいきませんよ。塾だって、せっかくいい先生に巡り合えたのだし」

「広島をバカにするな。広島にだっていい学校はあるし、いい塾もある」

断定的に蜂谷さんは言います。

「そうはいっても、ここで転校したらいままでの苦労が水の泡ですよ。勉強のほかにも、友だちづくりを一からやり直さなければならないんですから……。受験期にそうしたよけいな神経を遣わせたくないんですよ」

「なにが受験だ。おまえは二言目には、いい学校いい学校と言うが、女なんて、適当にそこらの短大でも出とけばじゅうぶんだ。どうせ嫁に行くんだから」

かなり古典的な偏見です。

ところが、奥さんだけでなく、二人の娘もふくれっつらで父親を見つめている。

「なんだその顔は」

蜂谷さんは憮然として言いました。

「おまえら、お父さんが決めたことに文句あるのか」

「ある」

と長女。

「私もある」

次女も言います。

「お父さんの都合で、どうして私たちが学校を変えなくちゃいけないの」

「そうよ。だいたいお父さんが広島に行くのは、自分で決めたことじゃなくて会社が決めたことなんでしょう。だけど、会社が私たちに学校を変えろって命令する権利なんてないよ」

「私はやだ」

「私も絶対やだ」

「屁理屈《へりくつ》をこねるな！」

長女と次女が代わるがわる反論をまくしたてたので、蜂谷さんはカッとなりました。

「そんなに広島行きがイヤなら、好きにしろ。お父さんとお母さんで勝手に行くからな。おまえらのことなんか知らんぞ」

「そうはいきませんよ、あなた。この子たちを残していくなんて」

奥さんにまでそう言われ、蜂谷さんは怒りをどこへぶつけていいかわからない顔になりました。胸は激しく上下し、それにつれて肩も揺れている。怒りが爆発するのは、もう秒読み段階です。

「すると、本気でおれに単身赴任をしろというのか。引っ越しや転校の準備が整うまでじゃなくて、おれがあっちへ行っている間、ずっと一人でいろというのか。おまえらそんなに広島がきらいなのか」

きらいなのは広島ではなくて『お父さん』なのですが、蜂谷さんはぜんぜんわかっていません。

「いったいおまえら、いままで誰にメシを食わせてもらってきたと思うんだ」

また出ました。どこの家庭でも、堪忍袋の緒が切れたときに放つ、お父さんの定番のセリフです。

「お母さんよ」

「そうだよ、お母さんだよ」

いきなり二人の娘が口をそろえて反発してきたので、蜂谷さんはたじろぎました。

「お母さんに食わせてもらってただと」

「そうよ。お父さんなんて、会社のことばっかで、うちの面倒みてくれたことなんか、ぜんぜんないんだから」

「いっつも酔っ払って帰ってきてー、威張ってばっかなんだもん」

「女のくせに女のくせに、って、そればっかし」

「お母さんなんか、しょっちゅう泣いてたんだよ。お父さんなんかと結婚しなければよかったって」

「なに？」

さすがに、その言葉には蜂谷さんも顔色を変えました。

そして、奥さんに向き直ってききます。

「おまえ、ほんとうか、それ」

奥さんはうつむいて答えない。

代わりに長女が言います。

「私たちなんか生まれてこなくてもよかったから、お母さんを別の男の人と結婚させてあげたかったよ」

さらに次女も加わる。

「おれはテイシュカンパクだって、えらそうにしちゃってさ。ばっかみたい。そんなお父さんのいうことをハイハイってきかなくちゃいけない人生なんてやめちゃいなよ、って、お母さんに言ってるんだ、毎日」

「ふっざけんなー！」

叫ぶなり、蜂谷さんは目の前の机を引っくり返しました。

湯呑みが転がって、お茶がザーッと畳の上にこぼれる。

とっさに布巾でそれを拭こうとする奥さんに向かって、蜂谷さんはわめきました。

「よーしわかった。おまえらがそういう態度なら、お父さんにだって考えがある。もう、おまえらなんかの面倒は見ん。しょうがないから最低限の生活費は仕送りしてやるが、塾の費用だの洋服を買うだのといったよぶんな金は一切渡さんからな。それから、ここでハッキリ宣言しといてやるが、おれは広島で女を作る。やさしくて面倒見がよくて、トウの立っていない若い女を愛人に囲ってやる。覚悟しとけ」

そんなお金があるはずもないのですが、最後通告を突きつけるように言い放つと、蜂谷さんは勢いよく立ち上がりました。そして、バッチーンと激しい音を立ててふすまを開け放ち、怒りをこめた足取りで、二階にある自分の部屋へと階段を上っていきました。

蜂谷さんとしては、これだけ激しい剣幕で怒れば、妻も娘も顔面蒼白だろうと思っている。真っ青になって、どうしようと涙ぐみながら話し合っていると思っている。とくに、妻は絶対に泣いていると信じて疑いませんでした。

いずれ『お父さん、私たちが悪かったから、降りてきて』と声がかかるものだと計算していたのです。

でも、茶の間では、まったく別の展開になっていました。

「よかったじゃん、お母さん。これで決心がついて」

長女が言いました。

「もう離婚しちゃいな、離婚。夫のイジメに耐えられません、って」

「そうそう。私たち、応援するからさ」

と、次女。

「バイトでもなんでもして、自分のことは自分でやるから」

「そうねえ……」

畳にこぼれたお茶をゆっくりと拭きながら、蜂谷さんの奥さんはつぶやきました。

「あなたたちがそう言ってくれるなら……そうしようかしら、お母さん」

＊　＊　＊

一方、二階の自分の部屋にこもった蜂谷さんは、畳の上にどっかとあぐらをかいて、しばらくは怒りをしずめるのに苦労していましたが、やがて、ふと思い立って、部屋の片隅に置いた旅行カバンを手元に引き寄せました。明日の広島行きのさいに持っていく予定の大きなカバンです。

そのサイドポケットのジッパーを引き開けると、蜂谷さんはそこからA4サイズの封筒を取り出しました。

そして、封筒の口を広げ中に入っていた一枚の紙を取り出します。

黒い背景の中にぽっかり白く、耳が写っていました。

そして、ぺったりつぶれた形の頬が。

さらにギュッとつぶった目尻のしわが。

そうです。死の数分前にコピーされた秦野部長の横顔です。

何かのときに役に立つと思い、蜂谷さんはこの気味悪いコピーを一枚だけ手元にとっておきました。

森川晶の机の引き出しに、十枚ほどのコピーを入れたのは蜂谷さんです。目的はひとつ。森川へのいやがらせでした。まさか、総務部の人間がそれを発見するとは思っていなかったが、森川を恐がらせ、事件に巻き込もうとする悪意があって、蜂谷さんは、秦野部長の断末魔の画像を、彼の引き出しに忍び込ませたのです。

（とにかく入社してきたときから、あの野郎は気に食わなかったんだ）

心の中で蜂谷さんは思いました。

具体的になぜ嫌いになったかときかれても困るのですが、とにかく虫が好かないというか、生理的に森川がいやなのです。

よく働き、上司のおぼえもよく、しかも、どこかで他の社員と気軽に交わらないところがある森川を、蜂谷さんは、のっけから嫌っていたのでした。

森川はおれのことを内心でバカにしているんだ——そんなふうにも思っていました。

しかし、これまでは口でイヤミは言っていたものの、とりたてて具体的な行動はとらなかった。

でも、秦野部長の殺害という場面を偶然見てしまったとき、はじめて蜂谷さんは、『いけすかない森川』を事件に巻き込もうと考えたのです。

（それにしても……）

蜂谷さんは思いました。

（なんで、あんな殺人が起きたんだろう）


あの日曜日、じつは蜂谷さんも会社に出てきていたのです。早めに広島へ赴任するよう言い渡されたので、平日だけでは身辺整理が追いつかなかったから——というのはタテマエで、ほんとうは別の目的がありました。

蜂谷さんは、営業課長のポストに長く居座っている間、いろいろと小遣い稼ぎのための領収書精算の不正を重ねていました。でも、異動となると、早いところ、その処理をしなければなりません。それで、辻褄《つじつま》合わせの作業をこっそり行おうと、休日出勤をしてきたのです。

ところが問題の日曜日の朝、会社に出てきた蜂谷さんは、なんと殺人事件の現場に遭遇してしまった。

秦野部長が『ある人物』に首根っこを押えつけられ、ギュウギュウとコピー機のガラスに押しつけられているのを、蜂谷さんは柱の陰から見てしまったのです。

その人物は、秦野さんにありとあらゆる罵声を浴びせています。

犯人は蜂谷さんのほうに背を向けていましたが、その罵詈《ばり》雑言《ぞうごん》に満ちたわめき声から、その人物が誰であるかという見当は蜂谷さんにもつきました。

秦野さんは殺されまいと必死に抵抗します。

体を起こそうとして力を入れた手が、コピー機のスイッチを押しつづける形になり、秦野さんの苦悶の表情を写し出したコピーが続々と吐き出されてきます。

受け口のトレイにおさまりきらず、そこからオフィスの床にも舞い落ちてゆく。

秦野部長の歪んだ唇、ひしゃげた鼻、驚愕の目、苦痛を表す額——猟奇的な画像がどんどんフロアにあふれてゆく。

それを、蜂谷さんは愕然として見守っていました。

(なぜ、あのとき、おれは止めに入らなかったのだろう)

一枚のコピー用紙を見つめながら、そのときの様子を思い起こし、蜂谷さんはふと自分に問いかけました。

(あそこでおれが飛び出していけば、秦野部長は殺されずにすんだはずだ。それなのにおれは、黙って隠れていた。それどころか、犯人のわめき声が警備員などに気づかれないかと、まるで犯人の味方でもあるかのように心配もした)

コピーの紙がすべて吐き出されたころ、犯人は秦野部長の腹を思いきり殴って床に倒し、それから、やおらネクタイで首を絞めにかかりました。

人が殺されていくのを見守るという異様な体験に、さすがの蜂谷さんも頭の中が真っ白になりました。

ましてや犯人の正体が……。

やがて、犯人は蜂谷さんのいる場所とは反対方向の階段から立ち去ってゆきました。

そのあと蜂谷さんは、床に倒れ絶命している秦野部長の顔をそっとのぞきに、おそるおそるコピー機のそばへ近づいていきました。

死体の上には、枯れ葉をかぶせるように、コピー用紙が一面にかけられています。犯人も秦野さんの苦しそうな死に顔を見たくなかったのでしょうか。

しかしその一方で、犯人は逃げる前に、秦野さんの悶絶の表情をコピーした紙をそこらじゅうにばらまいていました。

しばらくその場に立ち尽くしていた蜂谷さんは、指紋をつけないように注意してコピーをひとつかみ拾いあげると、それを森川の机の引き出しに入れました。

そして、警備員に気づかれることなく、蜂谷さんは会社をあとにしました。

もともと奥さんには会社へ行くのだとは言っていない。だから、事件が公になっても家族に疑われることはなかったのですが、真相を見てしまっただけに、蜂谷さんは、なんだか自分が秦野部長を殺したような気になっていました。

そんな理由もあって、蜂谷さんは森川を巻き添えにしようと、とっさにコピーを彼の引き出しに入れたのです。気に食わない森川が、なんらかの形で事件のとばっちりを食らえばいい、とばかりに……。

（だけど……）

秦野部長をコピー機のガラスに押しつけながらわめく、犯人のあの言葉を思い出しながら、蜂谷さんは心の中でつぶやきました。

（あんな理由で秦野部長が殺されるとは……。それじゃあサラリーマンて、なんのために会社で頑張っているんだ）

八　やっぱり会社を休みたい

「もう、おれはなんのために働いているのか、ぜんぜんわからなくなったよ」

水曜日の夜——

森川晶は黒姫高原からひさしぶりに出てきた親友の東海林とともに、有楽町《ゆうらくちょう》のガード脇にある焼き鳥屋の店先に座っていました。

店の中には鳥を焼く煙とタバコの煙がモウモウと充満していて、それが道路のほうまで流れ出している。

森川たちは、その道路まではみ出したところに、空《から》のビールケースを椅子代わりにして、太い丸太を輪切りにしたテーブルについています。そして、ちょうど頭の上には赤ちょうちんがぶら下がっている、という光景です。

新聞社をケンカ同然に退職して故郷でミニコミ誌の編集をやっている東海林は、国会図書館で観光産業の歴史についての調べ物をするために、一泊二日の予定で上京してきたとのことです。

東海林は、よれたシャツにカーディガンを羽織り、下はジーンズ。ちょっと色のついたメガネにショルダーバッグを下げています。

このショルダーバッグが彼のトレードマークで、酒を飲むときもこのショルダーバッグは原則として肩からはずしません。

なんだか学生運動あがりのジャーナリスト、といったファッションですが、森川と同年齢の東海林は、例の東大闘争のころは小学生ですから、直接、安田《やすだ》講堂の攻防戦を体験したわけではない。

でも、六〇年代七〇年代のオモチャや音楽を楽しむ人たちと同様に、東海林も一種のレトロ・ファッションとして、こういう格好を昔の週刊誌から見つけてきては、それを真似《まね》しているのです。

その東海林に向かって、森川は力尽きたような口調で繰り返しました。

「ほんとうに、なんのために働いているのか、もうわからない」

「どうしたんだよ、森川。元気を出せよ……といっても、おまえはワガママだから、すねると徹底的にすねるんだよな」

「すねてるんじゃない。ほんとうに力が抜けてるんだよ」

焼酎のロックをぐいとあおると、森川は、きのうの悦子とのやりとりを、一気にまくしたてました。

それから、会社で起きた殺人事件のこと。その殺人事件の犯人に森川を仕立てようとしている者がいること、なども話しました。

「もう、こういうことがつづくと、一生懸命働いているのがバカみたいになってくる」

「とくに、悦ちゃんから言われたセリフがショックだったんじゃないのか」

「そのとおりだよ」

ワイシャツの第一ボタンをはずし、ネクタイを緩めた格好の森川は、焼き鳥の串を横ぐわえにして、レバーをスッと引き抜きました。そして、それをロクに噛《か》みもしないで焼酎のロックで胃に流し込む。体にいい食べ方ではありません。

その様子を、同情に満ちた目で眺めていた東海林が言いました。

「森川、ほんとに一回会社を休んでみたらどうだ」

「休む？」

すでに顔を赤くしはじめた森川は、口の周りを手の甲でぬぐいながら聞き返しました。

「ああ、おまえいつか言ってただろ。いきなり会社を休んでみたい、って。蒸発するみたいに、いなくなりたい、って」

「うん」

「じゃ、やってみればいいじゃないか、実際に」

「そうはいかないよ」

森川は首を左右に振った。

「こうみえても、おれは責任感が強いんだ。病気でもないのに休む気になれない」

「いまの状態はじゅうぶん病気だよ。心の病にかかっている」

「心の病じゃ休めないよ」

森川も頑なです。

「ズル休みをしたら、かえって会社のことが気になるばかりだ」

「そのくせ休みたいんだ」

「うん。……たとえばさ、きょうが水曜だろ。そうすると、週末の休みまでに木曜金曜と二日間、会社に行かなくちゃならない。そのことを思ったとき、ガーッと心に重くのしかかってくるものがあるんだ」

「ほとんどそれじゃノイローゼだな」

「ああ、登校拒否児童と変わらないね。大人だから、出社拒否症っていうのかな」

「いや、それとは違うだろう」

東海林は言いました。

「ほんとうに気の弱い連中だったら、出社拒否症にかかった段階で、さっさと休んじまうぜ。周りの迷惑なんか考えずにな。おまえの場合は、それができずに悩んでいるんだろ」

いまさらながら気づいたように、森川はつぶやきました。

「純粋な出社拒否症になってしまったほうが、よっぽど気が楽なのか」

「そうだよ。ところがおまえの場合は、その逃げ道がないんだ。それじゃあ大変だよ。身が持たないぜ。身っていうのは、肉体じゃなくて精神のことなんだけど」

「それがさあ、最近は精神だけでなくて、肉体にまで来ている。仕事のことを考えると、ときどき胸がキリキリ痛むんだ」

「ストレスだよ、ストレス。そいつから早く解放されないと、ヤバいぞ、森川」

「ああ」

と、うなずくと、また焼酎をあおる。

見かねたように、東海林が森川の腕をとって、強引にグラスを下ろさせます。

「やめろよ、イライラを酒でまぎらわせるのは」

「おれって、どうしてスパーンと会社を辞められないんだろう」

カタンと音を立ててコップを置くと、森川はつぶやきました。

「会社を辞める勇気もなければ、休む勇気もない……情けなくなるよ」

「辞める不安はわかるけど、休む程度のことが、どうしてできないんだ」

「できないんだよ、東海林」

「あ……そうか」

ほとんど空になったグラスを握りしめながら、森川は言いました。

「休むと、なんだか取り残される気がするんだ。野球と同じだよ。どんなに力のあるレギュラー選手も、いったんケガで休んでしまうと、その間に思わぬ新人が出てきて、レギュラーの座を奪われてしまうというのがあるだろ。それが恐いんだ」

「ということは、やっぱり悦ちゃんの指摘が正しいということだな」

東海林は言いました。

「つまり、森川晶は会社に無理やり働かされているのではない。また、妻のためを思って歯をくいしばっているのでもない。けっきょく自分のために、自己満足のために働いていた」

「認めたくないけど、東海林の前だから認めるよ。たぶんそうだ」

森川は認めました。

「だけど、不思議なのは、自分のために働いているにしては、自分で労働意欲っていうものをコントロールできない。働くのをセーブしようとしてもセーブできない。なんだか目に見えない強迫観念で働かされているところもあるんだ。だから、何もかも自分の満足のために働いているんでしょ、という悦子の言い分を百パーセント認めるわけにはいかない」

「でも、九十九パーセントくらいは認めてもいいんだろ」

「いや、七十パーセントくらいかな」

「強情なやつだな」

東海林は笑いました。

「悦ちゃんも苦労するな。……で、彼女はなんて言ってるんだ」

「知らないよ。ゆうべから口を利いてない」

「おいおい、そりゃあないだろ」

東海林はちょっと驚いた顔になりました。

「そういう強情なところがいけないんだよな、森川は」

「わかってるよ。でも、おれは悦子と、あそこまで仕事観が違っているとは思わなかった。いや、仕事観だけじゃなくて結婚観もね」

「それは最初から言っておいたじゃないか。悦ちゃんは、おまえとはぜんぜん感覚的に違うものを持っているぞ、って」

「これほど違うとは思ってもみなかったよ」

森川は、フーッとアルコールまじりのため息をつきました。

「なんだかなー」

「なんだか……?」

「なんだか、別れちゃうかもしれないな、おれたち」

「そりゃあ早いんじゃないのか」

「だけど、いくら相手の言っていることが正論だからって、それで相手とうまくやれるわけじゃないだろ」

「うーん……」

「おれみたいな男に悦子は向いていないし、悦子みたいな女におれは向いていないんだよ」

「そうかなあ」

東海林は首をひねりました。

「おたがいまるで違う感性を持っているけど、もっともっと話し合いをすれば理解を深められるんじゃないのか。おまえら、会話不足なんだよ」

「そう言われりゃそうだけどね」

森川はうなずきました。

「おれはビール会社の営業マンで、あいつは考古学。ぜんぜん違うジャンルの世界で毎日を過ごしているんだから、会話はないよ。これでも学生結婚をしたころは、同じ大学にいるっていう大きな共通点があったんだけど……。やっぱ、コミュニケーション不足かなあ」

「ただ、いずれにしても、いまの忙しさが最大の問題なんだろ。具体的にどれくらい忙しいのか知らないけど」

「たしかに忙しすぎる。だから、一度くらい会社を休んで、悦子とどこかにブラッと旅行に出かける必要があるのはわかっている。でも、そういう計画を立てても、どんどん予定が入ってきちゃうんだよな。土曜も日曜も……」

「断れよ」

「断れないんだよ」

森川は、髪の中に片手を突っ込み、イライラした口調で言いました。

「頼むよ、森川。森川がいなかったら困るんだ——それぱっかりだよ。どうしても休みたいんですけど、と言ったこともある。でも、えーっ、と絶望的な声をあげられたら、わかりました、じゃ出ます、というしかない」

「可哀相《かわいそう》に……狙い撃ちされてるんだよ、おまえは」

焼き鳥の串をくるくる回しながら、東海林は言いました。

「狙い撃ち?」

「そうだよ。会社っていうのはな、滅私奉公型の人間をうまく見つけ出して、おだてあげて、そいつを重点的に働かせるようにできているんだ。いったん狙われたら最後、その社員はボロボロになるまで活用される。おまえは、その格好のターゲットってわけさ」

「…………」

「こんなことを言ったら怒るかもしれないけど、おれとおまえの関係だから言うぞ」

「ああ、なんでもどうぞ」

「森川晶って男は、本人が思っているほど優秀じゃないんだよ」

その言葉に、森川はエッという顔で、東海林を見ました。

「もちろん優秀は優秀だよ、でも、最高ランクの優秀さではない」

それはそうかもしれない、と森川は思いました。現に係長への昇進も、同期では三番目でした。

「純粋な仕事能力は最優秀ではないけれど、性格については最高ランクの評価をされているはずなんだ。つまり、『会社のため』という金科玉条のもとにガムシャラに働き、責任感と自負心が強烈に強い、という評価だな。そして、きわめて柔順で反抗的ではない」

「反抗的だよ、おれは」

「いや、おまえの反抗などたかが知れてる、と上は思っているさ。適当に文句を言わせてガス抜きをさせれば、すぐにまた会社のために働く、ってな」

「…………」

「こういう社員ほど上の連中にとってありがたいものはない。森川はすごい、森川がいなけりゃ……そう言っておだてていれば、いつまでも馬車馬のように働きつづける。いや、馬車馬というよりもっといい比喩があるな。『止まれば倒れる自転車操業』って言葉があるけれど、おまえの場合は、一輪車に乗せられ丸いカゴの中をいつまでも走りつづけさせられるサーカスの熊みたいなもんだ」

「一輪車に乗ったサーカスの熊かよ」

「そうだ。観客からは上手じょうずとほめられ、調教師からはアメとムチでおだてられたり叱られたり……」

そう言われれば、森川はまさに自分がそんな立場のような気がしてきました。

「だけどさ、たまには熊さんも反抗することがあると、知らしめておいたほうがいいんじゃないのか」

「うーん……」

「それとも、ずっといい子のままで、くたびれ果てるまで走りつづけるかい」

「…………」

森川はすっかり黙りこくってしまいました。

＊　＊　＊

それから三十分ほど、いろいろな話をしたころでしょうか、森川晶がポツンと、こんなことをつぶやきました。

「なあ、東海林。おまえ、ものを書く仕事をやっているからきくんだけど、小説家って
どう思う」

「どう思う、って?」

「いいものかなあ」

「おいおい、なんだって……あ、ちょっと、これもう一杯」

生ビールのお代わりを店員に頼んでから、東海林は、もう一回あらためて森川の顔を
のぞき込みました。

「会社を休みたいと言ってたかと思うと、こんどは小説家かよ。おまえ、脱サラして、
作家になるつもり?」

「いや……そうじゃないけど」

森川は口ごもりました。

「おれ、いま急にいいことを思いついたんだよ」

「いいことって」

「会社を休むいい方法を」

「作家に転身して会社を辞めるってことか」

「そうじゃなくて……とにかくいい方法なんだ」

森川は、ビールケースを逆さに伏せた椅子の上で脚を組み、そのひざに手を回して、夜空を見上げました。

都心の夜空は晴れているけれど、周りが明るすぎて星がよく見えない。おまけに、焼き鳥を焼く煙が漂ってきて、三日月さえも霞《かす》んでしまいます。

でも、その夜空を見つめながら、森川は言いました。

「すごく夢があるアイデアを、いま思いついたんだよ。この方法だったら、おれみたいな性格の人間が、ある日突然に会社を休んでも叱られない。そういう最高の方法を見つけたんだ」

「どんな方法だよ」

「まだ秘密だ」

そう言って、森川はにっこり笑いました。

「おまえ、酔っ払っちゃっただけなんじゃないの」

と、お代わりの生ビールを口元に運びながら、東海林は懐疑的な表情です。

「いや、これはひょっとするとひょっとするんだ。まず、このアイデアを小説にして、一人でも多くの人に読んでもらう。一人でも多くのサラリーマンにね。そうしたら、マジな話、ひょうたんからコマで、とんでもない社会現象が起きるかもしれない」

森川は、そんなふうに、ほとんど独り言めいてつぶやきます。

「なあ、東海林」

組んでいた脚をそろえ、夜空を見上げていた目を東海林に向けて、森川は言いました。

「自分の書いた小説を、世の中に出すにはどうやったらいいんだ」

「どうやったらって……」

「どこかいい出版社知らないか。おまえだったら、いろいろコネあるだろ」

「自費出版でいいんなら何社か……」

「いや、自費出版じゃダメだ。ちゃんとした大手の出版社だよ」

「そりゃ、いくつかの出版社には知り合いもいるけど、素人のおまえがいきなり原稿を持ち込んだって、そりゃムリだぞ」

「だめかな」

森川は真剣な顔で聞きます。

「だめだよ……おまえ、やっぱ酔ってるんだろ」

「酔っていない。マジ。しらふ」

「ほんとかよ」

「ほんと」

「ま、ともかくだね、いきなり本を出してくださいといったって、おまえが芸能人とか文化人なら話は別だけど、ただのサラリーマンだったら、商品としての付加価値がないだろ」

「そんなものかなあ」

口をとがらせて、森川はさらに聞きます。

「じゃあ、大きな出版社から小説を出している人は、どうやってデビューしてるんだよ」

「いくつか方法があるだろうけれど、そのひとつは、小説の新人賞でグランプリとか佳作をとるってことだな」

「あ、じゃ、それ行こう」

やけに森川のノリが軽い。完全に酩酊《めいてい》してるのだろうと、東海林が疑うのも無理はありません。

「どこで、どういう賞を募集しているのか、明日でいいから調べて教えてくれよ。それと、応募のしめきり日なんかを」

「本気なのか、森川」

「言っただろ、本気だって」

「でも、おまえ、小説を書いた経験は……」

「ないよ」

あっさり森川は答えました。

「でも、うまいとかへたとかじゃなくて、書くしかないんだ。会社を突然休む方法を見つけたんだから」

　じつは、そのとき森川は、東海林の推測どおり酔っていました。酔っていたけれど、妙に頭の感覚が鋭く研ぎ澄まされていました。

　そのときの森川には、あるものが見えていた。世の中にいっぱいいるはずの『会社を休みたい病』の人を、堂々と休ませるような、あるひとつの方法が見えていたのです。

「わかった」

　ため息をついてから、東海林は言いました。

「おまえが本気で小説を書いて応募するというなら、詳しい募集要項は調べといてやるよ。そんなの簡単なことだからな」

「あ、ついでに、賞金もな。賞金も調べておいて」

「あきれたなあ」

　言葉どおりにあきれた顔を、東海林はしました。

「とらぬタヌキの皮算用、って言葉そのまんまだね」

「夢は大きく、さ」

　森川は平然として言いました。

「もしも賞をとったら、その賞金で……」

「その賞金で？」

「……ま、いいや。使い途《みち》は、またこんどのときに教えるよ」

そう言うと、森川は、飲み過ぎだと東海林が止めるのもかまわずに、焼酎のロックのお代わりを、また頼みました。

このときの決断が――急に名案を思いついて、小説を書こうとしたことが――自分のもとに『死』を呼び寄せることになるとも知らないで、森川晶は完全にごきげんでした。

そして、おもむろにビールケースの椅子から立ち上がり、よろよろと体を泳がせながら焼き鳥屋の赤ちょうちんにキスをして、そして叫びました。

「よーし、森川晶、絶対に小説の新人賞をとるぞ！」

九　秦野部長を殺した犯人は……

木曜日の朝――

二日酔いの頭を抱えて会社に出勤する途中、森川晶は、ゆうべ重要なことを東海林に告げるのを忘れていました。

それは、彼の尊敬する秦野部長を殺害した犯人について、これぞと思う確信に満ちた推理でした。

この推理を東海林に話して聞かせ、意見を求めるつもりでいたのです。

だから、殺人事件の成り行きまでは話していたのに、途中から、いつのまにか会社論や結婚論などに話が脱線した。さらに、森川の頭に『会社を突然休むための名案』がひらめくにいたっては、いかにしたら小説を世に出すことができるかということばかりに関心がいってしまい、焼酎が完全に回っていたせいもあって、殺人事件の犯人探しはすっかり忘れていました。

でも、いまの森川にとって、真犯人を告発することは、自分の身を守る意味でも非常に大切なことでした。なにしろ、総務部の連中からは、疑惑の目で見られっぱなしなのですから。

あの日曜日は、係長昇進のことで悦子と険悪なムードになった金曜日の出来事がまだ尾を引いていました。だから森川は、本屋だとか映画館などを一人で回っていたため、これぞというアリバイがありません。そのことが、ますます森川犯人説の噂に尾ヒレをつけることになりました。

それゆえに、森川は自らの潔白を訴えるためにも、一刻も早く、自分が考える犯人像を総務部長の安西さんに伝えるべきだと思っていました。


「事件の鍵を握るのはネクタイです」

出社するとすぐに総務部長の席を訪れた森川は、部長の背中を押すようにして奥の会議室に入り、ドアをバタンと閉めて、そう切り出しました。

「秦野部長は、コピー機に顔を押しつけられ、そこで悶《もだ》え苦しむ表情を二百枚以上もコピーにとられ、そののちにネクタイで絞め殺されました」

森川が話している間に安西部長は席のひとつにつき、森川がひとつおいた隣りの椅子に座ります。

「犯行に使われたネクタイは、部長の奥さんや安西さんも認めておられるように、まちがいなく秦野部長本人のものでした。そうですね」

「そのとおりだが」

それがどうしたね、という表情で、総務部長は森川を見ました。

「では、このネクタイは、いつの時点で秦野部長の首から引き抜かれたのでしょうか」

森川は、単純な質問を放ちました。

「あの二百五十枚だかのコピーにとられた秦野部長の苦しそうな表情は、すべて生きているときのものです。死に顔ではありません」

コピー機のガラス面に押えつけられ、もみあっているうちにスイッチを押してしまい、続々とコピーがとられたのだろうと、森川は自分の推測を述べ、さらにつづけました。

「そのコピーの中に、部長がネクタイを締めて写っている画像はありましたか」

「さあねえ」

安西部長は首をひねりました。

「ぼくは全部見たわけではないからね」

「賭けてもいい。もしも部長の襟元がコピーされた画像があったら、確実にわかるはずです。部長は襲われたときにネクタイを締めてはいなかったことを」

何を言いたいのか、と問いたげな総務部長に向かって、森川はさらに言いました。

「よく考えてください。仮に、コピー機に押しつけられているときには、まだ部長がネクタイを締めていたとしましょう。そうしたら、犯人はいつそのネクタイをほどいたんです。そんなヒマがあると思いますか。こんなにしっかりと結ばれたネクタイを」

森川は、自分のネクタイの結び目の近くを、ビンビンと引っ張ってみせました。

「必死の抵抗をしている相手の襟元からすばやくネクタイを引き抜くなんて、手品師じゃあるまいし、そんなにうまくいくはずがない」

「秦野君を気絶させてから、ネクタイをほどき、それで首を絞めたとも考えられるんじゃないのか」

「そんな面倒なことはしませんよ。やるなら素手で絞め殺したはずだ」

「いや、私は何かの本で読んだことがあるが、素手で首を絞めた場合、その指先の形などが痕跡として残るらしい。犯人はそれを恐れたのではないだろうか」

「だったら、ネクタイをいちいちほどかなくても、結ばれたまま、この両端を持ってこうすれば、絞め殺すのに使えたはずです」

森川は、ネクタイピンをはずし、ばらけたネクタイの両端を自分の首の回りに巻き付ける格好をしてみせました。

「早い話が森川君、きみは何を言いたいのかね」

「ですから、秦野部長は、襲われた時点で最初からネクタイはしていなかった、という点に注目していただきたいのです。ここが重要なんです」

「しかし、秦野君がネクタイをほどいていたのには、いろいろ理由が考えられるじゃないか」

安西部長は、何を大げさにこだわっているのか、という口調です。

「日曜日の社内は、警備室に依頼しないかぎり空調を止めている。九月の終わりとはいえ、空調を止めたらけっこう蒸し暑くなる。だから、秦野君は社内に入るなり、暑さを感じてネクタイをはずした。たとえば、こういうケースだな」

「いや、そうではなく……」

「それよりもだね、森川君」

こんどは逆に、安西さんが質問を投げかけてきました。

「秦野君が、なぜ日曜出勤をしてきたか、それを考えたことがあるかね」

「たぶん、宣伝部長への異動を内示されたので、週末のうちに残務整理をしておこうと思われたんじゃないですか」

「そのとおりだよ。今回の異動で動くことになった部長クラスは数々あれど、休日に出てきてまで残務整理を行ったのは、どうも秦野君だけのようだ。ま、それはともかくだ、では、犯人はなぜ秦野君が日曜日に会社に出てきたのを知り得たのか、という問題がある」

「…………」

「つまり——これは、あくまでひとつの見方だがね——秦野君は残務整理にあたって、腹心の部下に日曜出勤を命じたのかもしれないのだよ」

と言って、安西さんは目を細めて、森川の顔をじーっと見つめました。

森川は驚きました。

仮にも会社の総務部長がです、森川本人を目の前にして、きみが怪しいね、と言ったも同然の発言をするとは、まったく考えられないことです。

森川は、この総務部長の人間性を完全に疑いました。

これならば、なおさら自分の身の潔白を強硬に主張するしかないと思いました。

「お言葉ですが、安西部長は先入観にとらわれすぎです」

「先入観に？」

「そうです。なぜなら、部長はもうひとつの可能性を忘れておられるからです」

森川は強い調子で言いました。

「それは、秦野部長が最初からネクタイをしていなかった、という可能性です。つまり、会社にきてネクタイをはずしたのではなく、最初からノーネクタイで来た、ということです」

森川は、相手に口をはさむスキを与えず、畳み込みました。

「私は、秦野部長の葬儀のときに、たずねましたよね。殺されたときの部長の服装がどういうものだったか、と。その答えは紺のブレザーに、薄いブルーのシャツ、それにグレーのスラックスという返事でした。では、この服装にネクタイが絶対必要でしょうか」

「………」

「だいたい、残務整理の日曜出勤にネクタイを締めてくると思いますか」

「しかしね、森川君。現に、秦野部長は自分のネクタイで首を絞められているんだ。前にも言ったがあのネクタイは秦野君のものだった記憶があるし、ご家族の方もそうだと認めておられる」

「だからこそ問題なんですよ」

森川は、さらに言葉を強めました。

「こういう仮定を考えてみてください。秦野部長はノーネクタイの格好で、日曜日の朝、会社に出てきた。この休日出勤は、残務整理といった個人的なものだから、会社の誰にも知らせてはいない。その部長が、自分のネクタイによって殺された――となるとです」

森川はキッとなって、総務部長の顔を睨みつけました。

「そのネクタイは誰が持ってきたことになるか。当然、犯人だということになる。犯人自身が、殺害のために、秦野部長のネクタイをあらかじめ用意していたことになります」

「つまりあれかね……」

こんどは安西さんのほうが、おれを疑っているのか、という顔になって聞き返しました。

「犯人は、秦野君がしていたのとそっくりのネクタイをどこかで買い込み……」

「そんな複雑なことをするはずがないでしょう」

森川は言いました。

「真相はもっと単純ですよ。犯人は、手近にあったネクタイを持って、秦野部長のあとを追いかけた。そして、部長が会社に入っていこうとするのを見て——ここは想像ですが——会社の休日用通用口で声をかけ、そのままいっしょに社内に入っていったに違いありません。そのさい、警備員などに姿を見られていなかったのを確認した犯人は、いきなり秦野さんに襲いかかり、格闘のすえ床に引き倒したところで、用意していたネクタイで首を絞め、殺したんです」

「ちょっと待った」

安西さんがさえぎりました。

「手近にあったネクタイ、とはどういう意味かね」

「まだわかりませんか」

「わからんよ」
「秦野部長の私物であるネクタイを簡単に手に入れられる人間といえば、部長本人の他には、家族しかいないじゃありませんか」

十　絶対に新人賞をとってやるぞ

それは二重の意味で、まったく意外な結末でした。

森川晶の『家族犯人説』は、その場では、安西部長の、そんなバカな、のひとことによって一蹴されてしまいました。

ところが、警察の捜査は、じつはすでに家族に向けられていたのです。

さすがに警察です。推理小説にありがちなアホ警部とオッチョコチョイ刑事の集団ではありませんでした。安西総務部長が森川の説を歯牙にもかけずにいたころ、警察は、被害者の遺児である十八歳の長男を、数度にわたって取り調べていたのです。

作り事の世界と違って、現実世界の出来事は単純でした。

秦野さんの息子は、自宅で父親と激しい口論をしたあと、その興奮がなかなかおさまらず、手近にあったネクタイを引っつかんで、日曜出勤をするために会社に向かった父親を追いかけていったというのが真相らしい。

ちゃんとした計画犯罪なら、証拠が残るような本人のネクタイなんて使うはずもないんですけどね。

で、その父と息子の諍《いさか》いの原因ですが、最終的には、会社一筋の父親への反発らしい。受験に失敗した息子と父親とは、将来の進路について意見が食い違っていたようなのですが、父親は一方的に持論をまくしたてるだけで、息子や妻や、あるいは娘の言い分を聞こうとはしなかった。

秦野さんも、前に述べたように、けっこう会社のＯＬには人気があったのですが、家ではどうもやさしい面を見せなかったらしい。

息子さんとばかりではなく、奥さんとの関係も、娘さんとの関係もうまくいってなかったようなのです。

ですから、奥さんも娘さんも、最初から夫を殺した犯人が誰であるか、ちゃんとわかっていたのです。でも、息子をそういった極限の行動に駆り立てたのは、やはり会社のせいだと思っている。

葬儀にあたってダイワビールに向けて出した奥さんの声明は、ホンネの部分から出た悲痛な叫びだったのです。

すべての真相が明らかになったとき、森川は、あらためて複雑な気持ちにさせられました。秦野さんがあそこまで会社人間でなければ、あのような殺人事件は起きなかっただろう、と思ったからです。

(もしも、おれが将来、悦子との間に息子を持ったとしたら……)

森川はゾッとしました。

(同じような目にあった可能性はじゅうぶんにあるな)

ともかく、秦野部長殺害の犯人は、実の息子であったという意外な結末を迎えたのでした。しかし、これにはもうひとつの意外な結末がありました。

それは、『自分に疑いのかかった森川が、総務部などを通じて、警察に対し、部長の家族が怪しいと必死にアピールした。その結果が真犯人逮捕につながった』という噂が広まったことです。

まったく誤った情報に基づいたこの噂は、かなりの真実味をもって社員の間に語り広められていきました。

(知ってる？　部長の息子が犯人だっていう説は、最初に森川が警察に訴えたらしいよ)

(あいつも人情味がねえよなあ。気がついても、黙っていてやればいいんだよ。家族にとっては悲劇の追い討ちじゃないか)

(森川はさ、秦野部長にメチャ可愛がられていたろ。だから、弔い合戦でもした気分になっているんじゃないのか)

(自分が犯人として怪しまれそうになったので焦っていた、という説もあるよ)

（おれが森川だったら、どんなに自分が疑われても、世話になった上司の家族を崩壊させるようなことは言えないけどね）

（そうよね、森川さんが言い出さなければ、警察だって息子さんの犯行に気がつかなかったんでしょう）

（うん。そうしたら、二重の悲劇も防げたはずなんだ）

（秦野部長の奥さんが可哀相。私、涙出ちゃう。ご主人を失って、さらにまた息子さんを別の意味で失ったんですもの。同情するわ）

（私も）

（おれもだ）

（私もよ）

（森川って、冷てえよなあ。自分さえよけりゃ、他の人間はどうなってもいい、ってところがあるじゃん、あいつ）

（どんなに期待されるエリートかしらないけどね）

（同期で友だちがいなくなっちゃうのもわかるよな）

森川はショックでした。

自分という人間を、周りがどういうイメージで見ているのか、それがよくわかったからです。ここまで人望がないとは、森川は思ってもみませんでした。

べつに、森川が推理を働かせなくとも、いずれ警察は秦野さんの息子の逮捕に踏み切ったはずです。ところが、あたかも森川が密告のようにして真相を警察に訴えたかのごとき風評が広まってしまった。

その噂の出どころは安西部長であり、また、居酒屋『どかちゃか』の本部長として広島に単身赴任した蜂谷さんが、東京のダイワビール本社営業部のかつての仲間たちに電話をかけまくった成果でもあります。

とりわけ蜂谷さんは、最初から真犯人を知っていたし、秦野部長の息子が父親をコピー機に押しつけながら、泣き叫んだ言葉を聞いているのです。

おまえが家族のことを考えないから、みんなメチャクチャになったんだ。そんなに会社が好きなら、会社で死ね！

その言葉は、蜂谷さんの耳にこびりついて離れません。

秦野さんの息子の気持ちがいたいほどわかっただけに、あの場では、正直いって、息子に父親を殺させてやりたい、といった気分になったのです。

そういう意味では、秦野部長を殺した犯人は、蜂谷さんであったともいえるのです。彼がそこで飛び出せば、秦野部長の命は救われた。でも、息子が父親を殺す一部始終を、蜂谷さんは柱の陰からずっと見守っていた。

それは、単純にびっくりして足が動かなかったせいもあります。恐かったせいもあります。また、どうなるかという好奇心が彼をその場に釘《くぎ》付けにさせたともいえます。

でも、最大の理由は、親子の問題に立ち入れなかったからです。

もしも犯人が社員だったら、蜂谷さんだって常識のある人間です。すぐに止めに入ったでしょう。だが、部長の息子が相手では、それができなかった。

しかも、息子さんの立場には大いに同情できた。そして、その同情の気持ちはいままでも消えませんでした。

だから、森川が、秦野さんの息子が犯人だと主張したらしいと聞いたとき、蜂谷さんは『森川のヤロー』という気分になり、噂をさらに増幅する役目を務めてしまったのです。

いずれにせよ、真実とかけ離れた噂が独り歩きしてしまうのも、けっきょくは、森川の社内での評判にかかわっていることは認めざるをえません。

この一件で、森川の『会社を休みたい病』は、ますますひどくなってきました。

毎朝毎朝、会社に足を向けるのがつらくなる。そして、夕方になればなったで、こんどは家に戻る足取りが重くなる。これの繰り返しで、森川は息が詰まりそうでした。

胸がキリキリと痛み出す間隔も、ずいぶん短くなってきたような気がします。このままでは、おれはダメになる――森川は本気でそう思いました。

しかし、森川は会社に辞表を出すでもなければ、休暇願を出す勇気さえもない。

というのも、周囲からますます浮いてしまうような自分を感じながらも、上層部の評判は意外に落ちない。森川クン頼むよ、という声は、前にもまして大きくなってきていたからです。

同僚や部下からは『森川晶は冷たいエリート』ときらわれ、上司からは『森川君は優秀だ』と評価される。このギャップが、どんどん激しくなっていくのです。

その彼にとって、いまや唯一の心のよりどころは、小説でした。

いままでのすべての束縛から解放され、勇気をもって会社を勝手に休めるという、とてつもない発想を得たとき、森川晶は、その実現にすべてを賭けようと思いました。

ただし、まともにこの計画を他人に話したら笑われる――森川は、その点はちゃんとわかっていました。

だから、相談にのってもらった親友の東海林にすら、具体的な内容までは打ち明けていませんでした。気でもおかしくなったか、とからかわれるのがオチだと思ったからです。

でも、森川晶は真剣でした。

東海林が調べてくれた小説の新人賞の中で、十月の末日にしめきり日がくるものがありました。そして、すべての選考が終わって、賞が決定するのが来年の一月下旬だという。

これが、森川の計画をもっとも早く実現できる新人賞のようでした。ですから、それに決めた。

グランプリの賞金は百万円。

最近では長編ミステリーなどに一千万円の賞金が与えられたりしますが、いまの森川にとって、賞金の額は問題ではなかった。むしろ、応募作品が『四百字詰め原稿用紙四十枚から八十枚の短編』というふうに、短いものに限られているのがよかったのです。

いくらなんでも森川の力量では、四百枚や五百枚といった長編を仕上げる自信はありません。でも、四十枚から八十枚の短編ならば、一カ月あればなんとかなりそうでした。

とにかく森川は、自分の着想を小説に表し、その小説が世間の話題となって、ある社会現象が勃発することを期待していた。

その社会現象こそ、森川の夢であった『ある日突然、会社を勝手に休める』ことを現実のものとする期待に満ちたものだったのです。

十月に入ると、森川はコクヨの四百字詰め原稿用紙を大量に買い込み、執筆にとりかかりました。

題名は『プロメテウスの休日』。

プロメテウスとは、ギリシア神話に出てくる、人間に火をもたらした神様です。

火を得たことで、人類の文明は飛躍的に発展した。その行き着くところが会社文明である、というふうに位置づけ、その会社生活に休息をもたらすことをテーマにした短編小説なので、『プロメテウスの休日』という題にしたわけです。

会社ではいつもどおり忙しい森川でしたが、しかし、営業の外回りに出かけるときも、原稿用紙は忘れずに持ち歩きました。

そして、ふだん二十分から三十分をかけて食べる昼食をキャンセルし、昼休み時間はいきなり喫茶店に入り、そこでサンドイッチとコーヒーを注文することにしました。片手にサンドイッチ、片手に鉛筆、といったスタイルで小説づくりに取り組むのです。

また、残業で居残る日は、仕事が終わってもすぐに自宅には戻らず、誰もいなくなったオフィスの片隅で、黙々と執筆にはげみました。

書いては破り、破いてはまた書く、ということを繰り返しているうちに、森川晶は、だんだん本職の作家になった気分になりました。

どんなに多くても八十枚どまりの短編ですから、プロなら、それこそ三日仕事かもしれません。

でも、そこは小説に初挑戦の森川です。なかなか筆がうまく運ばない。

とりわけ出だしが難しかった。

出だしをやたら難解にしてしまうのは、初めて小説を書く人によくありがちな傾向ですが、森川もその例に洩れなかった。

読み返してみると、ストレートな表現が少なく、やたらともってまわった比喩を使っている、難しい漢字を使いすぎている、登場人物の会話が硬い……といった欠点が、自分なりにわかるのです。

それで、また一から書き直す。

ほんとうなら編集を仕事にしている東海林にチェックしてもらえば、ずいぶんと違ったのでしょうが、森川は、すべてを自分の手でやりとげたかった。いま心の中にふつふつと湧きあがってくるエネルギーを、自分一人の手で原稿用紙の上に書き表していきたかったのです。

この間、森川の妻の悦子がどんなふうに夫を見ていたかといいますと、ひとことで言えば、『ああ、もうダメなのね』でした。

ひところのように、会社が会社が、とは言わなくなったと思ったら、こんどは小説に没頭する。なぜ、森川がそんなことに夢中になるのか、悦子はまったく理解できずにおりました。

「ねえ、アキラ、あなた本気で作家になるつもりなの」

さすがに見かねて、悦子はそう聞きました。

森川の返事は簡単です。

「そうだよ」

ない。

の、ひとこと。

よけいな説明はまったくしません。

だから悦子としては、夫が会社勤めイヤさに、小説家への脱サラを考えたとしか思えない。

そうなると口にするセリフは決まってきます。

「あなた、考えが甘すぎるんじゃない」

これです。

「サラリーマン生活に耐えられないからといって、作家をめざすなんて、そんなの子供みたいな考えだわ。ひとつのことに耐えられない人は、どんな世界に行ってもすぐに音を上げるに決まってるわよ。ううん、そもそも作家になれるところまで行きっこないわ」

あいかわらず現実主義の悦子は、そんなふうにハッキリ言います。

森川としては、こういうときに『頑張ってね』のひとことが欲しいのです。

森川だってバカではありません。自分がめざしていることの成功率が相当低いものであることくらい承知しています。かぎりなくゼロに近いことはわかっているのです。

でも、そんなふうに他人事《ひとごと》のような冷静な分析をせず、じゅうぶんに成功の可能性があると信じて邁進《まいしん》することこそ、夢を現実に引き寄せるものだと確信をしていました。

そのときに、やっぱり温かい妻の応援の言葉がほしかった。『私、アキラのことを信じているわ』『他の人がなんて言っても、私はあなたを信じているから』――そういう言葉がほしかった。

でも、悦子はとっても現実的です。

発する言葉のひとつひとつが『ミもフタもない』というヤツです。

しかし、いまの森川には、悦子の反応に対して怒ったり落胆したりするヒマがありませんでした。もう、小説を仕上げることしか眼中にないのです。

そうこうしているうちに、秋は深まってゆき、しめきりの十月三十一日が刻々と迫ってきます。小説も中盤まではなんとか格好がついてきたのですが、ラストをどういうふうに終わらせるかが、まだ見えてこない。

それで、日夜悶々と悩む日がつづきます。

そして、しめきり日まであと三日となった十月二十八日の夜――

とうとう悦子が別れ話を切り出してきました。

「いろいろ考えたんだけれど、私たち、もうこれ以上いっしょに暮らしていてもしょうがないと思うの」

その言葉を聞いている間も、森川は原稿用紙から顔をあげず、握った鉛筆を離しませんでした。

さすがに、悦子はあきれて物も言えない、といった様子でした。

でも、森川は決して小説にだけ没頭していたわけではないのです。筆を走らせながら、ちゃんと悦子の言葉にも耳を傾けていたのです。

「待ってくれ」

森川は言いました。

「離婚を言い出すのなら来年の一月末まで待ってくれ」

それは、新人賞の結果が発表される時期です。

「ぼくといっしょに暮らすのが耐えられないなら、この部屋を出ていってくれてもかまわない。でも、別れるのは来年一月の末日まで、どうか待ってほしいんだ」

＊　＊　＊

そんな話し合いをもってから二日後の十月三十日。悦子は、身の回りを整理して実家に帰ってしまいました。

それでも森川は、小説の完成に向けて決して緊張の糸を緩めることがありませんでした。絶対に悦子を取り戻せるという自信が、いま彼の心の中に湧きあがっており、それが大きなエネルギーとなって、目的の完遂に向けて彼を全力で走らせていました。

森川は、まだ悦子を愛していました。

悦子が森川に愛想を尽かしても、やはり森川は悦子を愛していました。そして彼女の愛をもう一度取り戻すには、いまやっていることを完遂する以外に方法がないと信じておりました。

いよいよ、しめきりの十月三十一日がきました。

幸いにも、この日は日曜日にあたっていました。

悦子が去ってひとりぼっちになった団地の一室で、森川は最後の追い込みにかかっていました。

応募規定によれば、しめきり当日の消印は有効ということです。

森川の自宅周辺には、休日も開いている郵便局の本局はありません。どうしてもバスと電車を乗り継いでいかないと、本局のある町にたどり着かない。

どうせだったら、自分の目の前で受付のスタンプが押されるのを見たいと思っていた森川は、本局まで行く時間や、休日の郵便受付の時間などを考えて、遅くとも午後三時までには脱稿をしなければならないと計算していました。

もう、こうなると食事を口に運ぶ余裕もないし、飲み物すらロクにとらずに筆を走らせる。それでもお腹はまったく空《す》かないし、喉も渇きません。

精神を集中させているので、他のことはまったく気にならない。

気になるのは時計の針だけです。

そして三時五分前——
とうとう、森川は最後の一行を書き終えました。

プシュッと淋《さび》しい音がした。


その一行の最後にマルを打つと、森川は急いで全体を読み返しました。

そして、あらかじめ準備してあった梗概《こうがい》や履歴を冒頭に添付し、角形0号とよばれるB4サイズの大きな封筒に原稿用紙を入れました。

ほんとうならコピーをとっておきたかったが、その時間はありません。

こういった賞では、応募原稿は返却されないのが通例ですから、もしもグランプリをとれなかったら、この書き上げた作品は永遠に自分の手に戻ってこないことになる。

それでもいい、と森川は思いました。

絶対に賞をとるんだから、そんな心配はしなくていいんだ、と。

そして、三時十五分すぎに森川は、応募原稿を入れた封筒を小脇に抱えて自宅を出ました。

＊　＊　＊

それからわずか一時間半ほどのち――
森川晶の死体が、日曜日の人込みで混雑する新宿駅の裏手のほうで発見されました。

小説新人賞　応募原稿

プロメテウスの休日

森川　晶・作

（1）

第一商事には、いつの頃からか、まことしやかに社員の口にのぼっていたひとつの伝説があった。

それは、会社の中に『商事くん』と呼ばれる秘密のコンピュータがあって、そこに社員の個人データが、私生活に至るまで詳細に記録されている、という噂である。

だが、その『商事くん』を実際に見たという者は……まだいない。

（2）

「なんや、これは」

原哲生《はらてつお》は、手にした通信簿で娘の頭を思い切り叩いた。

小学校三年生の春美《はるみ》は、歯をくいしばって父親を睨みつけていた。

「どの科目も『3』と『4』ばっかりやないか。オール5をとったるくらいの勢いでやらんかい。春美、おまえ大阪の子に負けて口惜《くや》しゅうないんか、えーっ」

「パパ、春美だって一生懸命やっているんだから、叩いたり怒鳴ったりしちゃダメよ。女の子なんだし」

妻の恵津子《えつこ》が、やさしくなだめた。

「せやけど、東京にいたときは、こないな悪い成績とったことなかったやろ。東京ででけたことが、なんで大阪へ来たらでけへんのや」

「やめてよねっ、パパ。うちに帰ってまで変な大阪弁使わないでよ」

「なんやて」

原の頬が引きつった。

小学校から大学にいたるまで、ひたすら東京の名門校といわれるエリートコースを歩いてきたプライドの高いお坊っちゃまの彼が、いったいどんな思いで大阪弁になじもうとしているか……。しかし、それを小三の春美に理解しろというのは無理である。

でも、原はムカッとなった。

「ええか、春美。父親に向かってそんな口の利き方はないで。もうちっと、気ィつけんかい」

「とにかく私、こっちの言葉は好きじゃないの。悪いけどパパ、うちの中では東京の言葉にして」

「じゃかあっしい！」

「ねえ、あなた」

とても通常の大阪弁とは思えぬ原の乱暴な物言いに、妻の恵津子がたまりかねたように言った。

「そんなふうに子供に向かって感情的になるのはよくないわよ。会社のイライラをうちの中にまで持ち込まないで」

「なんや、そのえらそうな言い方は。少しは亭主に気ィ遣《つこ》うたらどうや」

東京に本社を持つ大手商社、第一商事の食品本部に配属されていた原哲生は、半年前に、大阪にある関西支社へ転勤を命ぜられ、家族ごと引っ越しをしてきた。

食品本部の中での異動ではあるが、やはり水が違えば勝手も違う。それが家庭生活にも影響してか、転勤以来、原の家では細かな諍いがしょっちゅう起きるようになっていた。

ともかく、原も妻の恵津子も、新しい生活環境にまったくなじめずにいた。

原は関西支社の連中の中で浮き上がるまいと、標準語を捨てる涙ぐましい努力をしていたし、恵津子と娘の春美は、逆に、頑なまでに東京育ちのペースを守った。

けっきょく、どちらも精神的に疲れてしまう結果しか得られずにいた。

とくに原のイライラはひどいものだった。

大阪にきてからというもの、仕事は増える一方、ストレスは増える一方で、それに反比例して、体重は減る一方、髪の毛も減る一方だった。

仕事が忙しくなると、自然と家庭のことは省みなくなる。妻との会話も少なくなる。たまに会話が生じても、それは会社のうっぷんを晴らす原の言葉を、恵津子が聞いているという一方的なものだった。

それでも、まだ恵津子は黙って話を聞いてくれているだけマシだといわなければならない。だけど、原は不満だった。

もっともっと、妻に慰めてもらいたかった。甘えたかった。

会社でのストレスがたまると、男は一時的に幼児退行現象をみせる。つまり、妻に母親の役割を要求し、まさにゴロニャンと甘えたくなってしまうのだ。

いまの原が、まさにそのケースだった。

しかし、妻の恵津子のほうは、そうした夫の幼児化を情けなく思ってしまう。

逆境に弱い人だと思って、がっかりしてしまう。

恵津子は根がやさしい性格だったので、面と向かって原をきびしく非難することはなかったが、しかし、夫に対するイメージダウンは避けようもなかった。

そうなると、即座に影響してくるのが、いわゆる『夫婦生活』である。

大阪にきてから、夫婦のセックスはめっきり減ってしまった。最近では、ほとんどゼロに等しい。

それは恵津子の意図的な抵抗ではなく、もう生理的にそんな気分にはなれない、といった様子であるから、なおさら始末が悪い。

とにかく、原の求めに、恵津子はまったく応じてくれないのだ。

原が、怒りと欲望にまかせて力ずくで組み伏せても、恵津子は声を出すでもなく、必要以上の抵抗をするでもなく、早く眠りたいんだから、するならさっさとして、と露骨に態度に表す始末だった。

これではほとんど倦怠期《けんたいき》の夫婦である。

でも、原も恵津子もまだ若い。

原は三十五歳で、恵津子は三十二歳。夜の意味でも昼の意味でも、夫婦生活がマンネリに陥ってしまうには早すぎる年齢だ。

「おまえな、何が不満なんや。はっきり言うてみい」

　ある晩、原は、寝室に並べたツインベッドの片方に起き上がり、隣りで寝たふりをしている恵津子に向かって、たまりかねたようにたずねた。

「何もないわよ、不満なんて」

「嘘《うそ》つけ。大阪にきたのは、おれが左遷人事で飛ばされたからだと思ってるんやろ。ええか、言うとくけどな、それはちゃうで。関西支社行きというのは、や、これは幹部候補生が必ず通らされる関門なんや。商人《あきんど》の本場で鍛えられて、やな、そのサバイバルゲームに生き残ったものだけが、また東京本社に戻されて、出世の階段を上るわけや。……ちゅうことは、や、これはひとつの栄転いうこっちゃ。それがおまえにはわからへんのか」

「パパがそう思ってるんだったらそれでいいんじゃない」

　背中を向けたまま、恵津子は答えた。

「なんや、その投げやりな言い方は。寝てへんのやったら、こっちを向きいな」

「パパのお説教ならもうたくさんよ」

「なにがお説教や。これはな、おまえに理解を求めとるんや。だいたい、おまえみたいな幸せな女房はいてへんで。亭主は三十五歳の若さで、天下の第一商事の課長や。しかも将来を嘱望されたがゆえに、大阪へ……おい、話を聞けっちゅうに」

原は、隣りのベッドに手を伸ばして、強引に恵津子の体を自分のほうに向けさせた。

原のほうに電気スタンドがあったので、恵津子はまぶしそうに顔をしかめ、目の前に手をかざして光をさえぎった。

「もう寝ましょうよ、パパ。明日は、春美のクラスの担任面接があるのよ。寝ぼけた顔なんかで先生に会えないわ」

「春美の担任の面接？　そんな子供のことより、まずおれのことや」

また原はワガママを言いはじめた。

「おまえ、子供のことと亭主のことと、どっちが大切なんや。……え？　どっちや。返事をせんかいな」

恵津子は、顔の前に手をかざしたまま答えない。

「それにな、夫婦二人きりでいるときには、パパっちゅうのはやめいや、パパっちゅうのは。なんでもかんでも子供の存在が間に入るようになったら、それこそ夫婦生活はしまいやで。これでおれが恵津子のことをママと呼んだら、それこそ、男と女の関係ではのうて、もう親子みたいなものになってまうがな。親子でセックスしたら、こら近親相姦やで」

「馬鹿なこと言わないで、パパ」

恵津子は、平気で『パパ』を繰り返した。

「とにかく、私、眠いの」

そう言うなり、恵津子は、また原に背中を向けてしまった。

（3）

休みたい。

一日だけでいいから会社を休みたい。

原哲生は、毎日のように心の中で叫んでいた。

東京でもそうだったように、彼は大阪に来てからもガムシャラに働いた。しかし、何か勝手が違っていた。働けば働くほど、周りから浮いてしまう、という気がしてならなかった。

もともと原は、社内の友人が多いほうではなかった。しかし、東京ではマイペースがマイペースとして許されるところがあった。働きバチだ、上役のペットだと陰口を叩かれても、仕事の面で群を抜いた働きを見せていれば、周囲も必要以上の悪口は言わない。それが東京本社での原の立場だった。

ところが関西支社では、そうはいかなかった。

同じ部署の人間は、みな一様に原をよそ者扱いにした。

最初、原は、それを自分が東京本社から来た人間だからだと思っていた。関西支社には関西出身者の縄張りがあって、そこに簡単に溶け込ませてもらえないのだと思っていた。

だから、原も下手くそな大阪弁を駆使して懸命に馴染《なじ》もうとした。しかし、皆からは柔らかな大阪弁の敬語で壁を作って跳ね返される。慇懃《いんぎん》無礼な態度をキープして、決して仲間うちに入れない――それが原に対する上司や同僚の共通した姿勢だった。

しかし、東京本社から来た人間がみなこういった目にあうかといえば、そんなことはない。まさに、原だけがイジメにあっているのである。

どうして自分だけが疎外されてしまうのかと、原はほんとうに悩んだ。

この『原いびり』の先頭に立っていたのが、係長の橋田《はしだ》という男だった。原よりもずっと年上だが、うだつがあがらず係長どまり。黒縁のメガネをかけて一見実直そうだが、根はなかなかに陰険だった。

原が髪振り乱して電話の応対にやっきとなっているのを見ながら、まさに聞こえよがしに大きな声でこう言ったりする。

「原さんもえらい人やなあ。ちょこっと休んだかて死ぬわけやおまへんのに、よう働かはるわ」

さらに、関西支社の総務部次長というポジションにいる安東《あんどう》という男も、相当イヤミの上手な男だった。

「原さんが東京から来てくれはったおかげで、関西支社の食品第三部は見違えるような張り切りぶりですわ。こないだも、部次長会議の席で原さんの話が出ましてな、いやあ、原さんの前にあっては、私ら役職のある人間などはお飾りみたいなもんや、いうて爆笑になったんですわ」

この橋田や安東らの態度に代表されるように、原よりもずっと年上だったり、役職が上の人間でも、必ず彼のことを『原さん』と『さん付け』で呼ぶのである。

そして同年配の仲間も、みんなそろって彼を『原さん』と呼ぶ。これには、原もすっかり参った。

年下の部下や女性社員は当然のように『さん付け』だから、早い話が、社内全員から彼は『原さん』というよそよそしい呼び方で呼ばれてしまうのだった。

原さんの『さん』は、決して敬語ではなく、まさに彼を排斥し、精神的に痛めつけるための言葉だった。

そんな仕打ちが続くにつれて、ますます原は会社を休みたいという思いになった。でも、責任感の強い彼は職場放棄ができない。そうなると、人一倍働くしか自分の存在意義はないかのように、原はガムシャラに働きつづけた。

やがて彼は、夜になると奇妙な夢にうなされるようになった。

（4）

夢の中で原哲生は、第一商事のどこかに秘密裡に設置されているという謎のコンピュータ『商事くん』の前に立っていた。

その場所が東京本社なのか、それとも関西支社なのか、あるいはもっと別の場所なのか、彼にはわからない。

とにかく原は、『商事くん』と向き合っていた。

おかしなことに、そのコンピュータは十数階建てのビルの形をしていた。会社そのものといった形をしているのだ。

原は、ビルの正面入口そっくりの扉を開き、そこに金色のＩＤカードを差し込んだ。そして次に、ビルの窓かと思えるような配列に並んだキーボードを叩いた。

ビルの一階部分にあたるところが大きなスクリーンになっていて、そこに文字が浮かび上がった。

コンニチハ　ボクハ　ショージクン　デス

そのメッセージにしたがって、ビルの窓明かりが点滅した。

アナタノ　ハラテツオ　キンデスネ
社員CODE D-102807
所属CODE 24-08-03
照合OK　1993-10-31　23:08:15

ちょっと間を置いてから『原哲生』という漢字もスクリーンに現れる。

そこから画面のスクロールがはじまった。

原に関するデータが次々と出てくる。

入社年度、生年月日、本籍地、現住所、両親の氏名、幼稚園から大学に至るまでの履歴、入社の面接試験で述べた志望の動機、賞罰の有無、健康状態、血液型、社内預金の残高、現在の年収、月給の明細、趣味、結婚記念日、妻・忠津子の略歴――

原哲生という社員に関するありとあらゆるデータが、次から次へと画面に現れてくる。それを呆然と眺めているうちに、『人事考課』という項目が現れた。

積極性　5
企画力　5
行動力　5
指導力　3
基礎知識5
創造性　5
向上心　5
協調性　3
責任感　5^{+}
忠誠心　5^{+}
機密保持5
道徳心　5
愛　嬌　1

原は画面を凝視した。

なんだか娘の通信簿を連想させるような評価項目が並んでいたが、その中で『責任感』と『忠誠心』が最高段階らしき5よりもさらに上の5プラスになっていたのが目立ったが、逆に『指導力』と『協調性』が3というのも目についた。そして、さらに目立っていたのは最後の項目『愛嬌』1、というやつである。

「なんや、この『愛嬌』いうのは」

原は、不服そうにつぶやいた。

「こんなもの、人事考課の中に入れてどないするんや。愛嬌なんて……」

しかし、原のつぶやきをよそに、コンピュータが問いかけてきた。

トクニ　ヒクイヒョウカノ　リユウヲ　シリタイデスカ

Y/N

知りたいのはあたりまえだ、とつぶやいて、原はYのキーを押した。

すると、『愛嬌について低評価の理由』と題された長い文章が出てきた。

カラオケを気取って歌わない／ゴルフをごますりのスポーツとして蔑視している／盆暮れの挨拶を形式的とバカにしてまったく行わない／年賀状も出さない／昼食を同僚と食べにいくのをきらう／アフター5の酒のつきあいが皆無／しかも残業を理由に断る／仕事を命ずる上司にはいい子ぶるが、

部下にはきわめて手厳しい／周りのやつはバカばっかり、というのが口癖／おれが会社を支えているという自負心が強すぎる

「バカな」

原は吐き捨てるように言った。

「誰がこんなプログラムを作ったんだ」

すると最後に、彼を愕然とさせる一行が出てきた。

総合評価——よく働くが、いなくなっても影響ナシ

（5）

「パパ、起きて。あと十分で出かけないと遅刻よ」

妻の恵津子の声が遠くのほうで聞こえる。

このところ毎晩のように、謎のコンピュータ『商事くん』の夢にうなされる。毎晩毎晩、『商事くん』に勤務評定され、とくに性格上の欠点の指摘がいつも適確なので、なおさら寝覚めが悪くなる。

「だめだ……具合が悪い。熱がある。頭が痛い。腹も痛い」

　頭から毛布をかぶり、ベッドの上で丸くちぢこまって、原は起こしにきた恵津子に不調を訴えた。

「いい年してずる休みなんてやめてよ」

「うるさい、黙っとれ。ふん、会社がなんや。商事くんがなんや。会社の形した気色悪いコンピュータなんかに査定をされてたまるか。よく働くが、おらんようになっても同じとはどういうこっちゃ。おれをナメとんのか、どあほ」

「私にわからない言い訳なんか並べないで」

「言い訳やあらへん。とにかく、もう頭にきた。会社なんか休んだる」

「だって、どこも悪くないんでしょ」

「気分が悪いんや」

「それじゃずる休みだって、さっきから言ってるじゃない。春美だって、向こうで聞いているのよ。教育上よくないわ」

「なにが教育上や。おれは休むいうたら休むぞ」

　すると、そのやりとりを聞きつけた、娘の春美が寝室に入ってきた。

「ねえ、ママ。パパ、ずる休みしちゃうの？」

「なんでもないわ。あなたは大人の会話に口をはさまなくていいの。……ほらね、春美がすぐこれでしょ。示しがつかないわよ、子供に」

「うるさい、うるさい。女子供に男の世界のことはわからんのや」

「じゃ、ほんとうに休むのね」

「ああ、休む」

「もう……」

恵津子の声には、とがめるような響きがあった。

でも、根がやさしいから、とことんきつくはならない。

「だったら、次長さんに電話を入れないと」

「おまえがかけろ」

「私が？　なんて言えばいいのよ」

「風邪とか腹イタとか、適当に言い繕っといたらええやろ」

「だけど、そんなふうに仮病を使っていいの？　一度そういうことやると、癖になっちゃうわよ」

「ほなあれか。おまえは亭主が具合悪いいうのに、無理やり働かすのか」

「そうは言ってないでしょ」

「いや、そうや。おれの体のことなんか、どうせ心配してへんのやろ」

「そんなことないってば」

「いいや」

原は強情に言い張った。

「おまえが気にかけとるんは、春美のことばっかしや。どうせ亭主なんて、会社から自動的に給料を運んでくるコウノトリやと思うてるんやろ」

「コウノトリが運んでくるのは赤ちゃんでしょ」

「なんでもええわ。とにかく、ええかげんに理由考えて欠勤の電話入れといてや」

そのとき、ベッドのそばまで来て両親のやりとりを聞いていた娘の春美が、ポツンと言った。

「ねえ、パパ」

「なんや、春美」

「そんなに会社休みたかったら、休んじゃえばいいじゃん」

「せやから休むいうとるやないか。……おまえはさっさと学校へ行き」

「だからね、いちいち言い訳なんかしないで、勝手に休んじゃえばいいじゃん、って言ってるの」

「言い訳をしないで、勝手に？」

原は、くるまっていた毛布を鼻のところまでずり下げると、ベッドにあおむけになったまま、娘の顔を見た。

「そうよ。勝手に休めばいいのよ」

春美は繰り返した。

「だってパパ、会社でえらいんでしょ」

「あ……ああ、そうや」

「えらい人が、なんでウソついて休むの」

「会社いうもんは、そないに好き勝手に休めるところやないからや」

「パパでも？」

「ああ、パパでもや」

「じゃパパ、えらくないいんじゃん」

「ヘリクツこくな、ばかたれ」

（6）

けっきょく原は、会社を休まなかった。

それじゃあ、私、会社に連絡するわよ、と恵津子が電話口に向かったところで、ちょっと待てや、と、原はそれを押しとどめた。

さんざんゴネたくせに、なんのことはない、彼はたった七分の遅刻で、第一商事関西支社のタイムレコーダーを押した。

「すんません。電車事故で遅れました」

次長に向かって詫びたあと、原は机についてホッと短いため息をついた。やっぱりきちんと出社してよかったという安堵《あんど》と、ああどうやってもおれは会社を休めない性分なんだという情けなさが交錯して、なんとも複雑な気持ちだった。

それにしても、けさがたの、春美とのなにげないやりとりが心の片隅に引っ掛かっていた。

部下の女子社員がいれてくれた日本茶を飲みながら、原は考えた。

(会社を休むとか、休まないとかは、本来社員の自由意志にまかせられるべき問題のはずだ。違うだろうか。ところが、会社という組織は、社員が無断で休まないことを前提にして成り立っている。いや、それどころか、ほんとうに病気であったとしても休みにくいシステムになっている。だけど、なんでおれたちは、そんな精神的束縛を受けなければならないんだ)

原は、あまりにも素朴すぎて労組でも問題にしないような素朴な疑問を心に抱いた。

(勝手に休んじゃえばいいじゃん)

娘の春美の言葉が、いつまでも頭にこびりついて離れなかった。

「勝手に休んじゃえばいいじゃん」

原は、周りにきこえないよう、声を出さずにそっとつぶやいてみた。

なんという、いいかげんで無責任な響き。

しかし、なんという新鮮で解放的な響きだろう。

「勝手に休んじゃえばいいじゃん」

もういちど同じことを、少しだけ声を出してつぶやいてみた。

そのとき、原の頭の中に、とんでもないアイデアがひらめいた。

（7）

それからしばらく時が流れた四月二十五日——

原よりも年上だが、原の下で係長に甘んじている橋田は、一通のハガキを持って、総務部次長の安東のデスクにやってきた。

この二人は、アンチ原の急先鋒《きゆうせんぽう》ということで、なにかと仲がいい。

「次長、じつはきのう私の家にこんな変なハガキが届きましてね。ちょっとお目にかけといたほうがええかな、思いまして」

安東は橋田からハガキを受け取ると、まず表書きに目をやった。

消印は千里《せんり》中央。投函されたのは一昨日の午後である。

差出人は不明。

それを確認してから、安東は裏を返してみた。

小さな字で書かれた、しかし刺激的な文章が彼の目に飛び込んできた。

《みんなで会社を休みましょう》

これは「休みましょうの手紙」です。

この手紙は、さまざまな企業に勤めるサラリーマンの中でも、自他共にエリートと認められる皆様にあてて出されたものです。

きたる六月六日の月曜日。突然、会社を休んでみませんか。

なぜ？　どうして？

そんな野暮な質問をなさってはいけません。

休まなければならない理由は、貴方自身がいちばんよくご存じのはずです。

休暇届け、電話連絡の類いは一切不要です。

なぜならば、突然、会社を休むのは貴方だけではないからです。

赤信号　みんなで渡れば　恐くない

サラリーマン　みんなで休めば　恐くない
そうです。六月六日は日本じゅうのサラリーマンが、会社に対する忠誠心や責任感を一切忘れて、みんなでいっせいに休んでしまう日なのです。

これは一揆《いっき》です。会社一揆です。

革命といってもよろしい。

しかし、ストライキのように、意志ある抵抗とみなしてはいけません。

そんなお堅い発想は、このさいおよびでない。

無責任にいきましょう、無責任に。

どうせこの世はホンダラダのスーダラ人生です。

サラリーマンは気楽な稼業ときたもんだ、です。

ウンジャラゲのハンジャラゲです。

それをお忘れになってはいけません。

ドンガラガッタ、ドンとドンと休みましょう、です。

ひとこと文句を言う前に、ホレ休みなさい、ホレ休みなさい、です。

文句あるかよ、あるはずァない、です。


さあ、勇気が出てきましたね。

では、休む気になったら、まず仲間づくりです。

この手紙は、貴方を含めて左記の五人にあてて出されました。貴方もこれにならって、お知り合いのサラリーマン五人に、いますぐ「休みましょうの手紙」を出してください。「手紙」とはいってもハガキでけっこうです。

とくに疲れめ、忙しめの方に、おすすめください。毎日のサラリーマン生活に悩んでおられるその方を救って差し上げることになるのですから。

これはもう、新興宗教よりもありがたい手紙です。

なお、四十八時間以内に出さなかった場合、および、六月六日に約束どおり会社を休まなかった場合は、いかなる不幸が貴方の身に起きようとも、当方は責任を一切持ちません。


その後に、橋田を含めた五人の名前と役職が記されていた。

五人とも別々の会社で、中には第一商事の取引先の人間もいれば、橋田がまったく知らない会社の人間もいた。

そのハガキの文面に最後まで目を通した安東次長は、ギロッと橋田を上目づかいに見て言った。

「自他共にエリートと認められる皆様に出した、やて。すると橋田、おまえもエリートなんか」

「いやいや、そんなことあらしまへんて」

額を叩いてから、橋田はわざとらしい笑い声をあげた。

「どういうわけで、私のところに送られてきたか知りまへんけど……」

「『休みましょうの手紙』とは、けったいなこっちゃ。どうせ、程度の低い悪ふざけに決まっとる。こんなもん、いちいちおれのとこへ持ってこんでもええで」

「はあ。でも、このわざとらしく角張った筆跡ですが、どことはなしに、原の字に似ておるように思えるのですけど」

「原の字に？」

問い返しながら、安東は、もういちどハガキをあらためた。

「そんなことはないやろ」

というのが、彼の結論だった。

「だいたい、あの点取り虫の働き虫の原哲生が、こないなチャランポランな『休みましょうの手紙』など出すわけないやろ」

「そらま、そうですわな」

「ところで橋田君、よもやきみは」

総務部次長の安東は、疑わしそうな目で係長の橋田を見た。

「このハガキにのせられて、六月六日に会社を勝手に休んだろ、などとは……」

「いやいやいやいや」

橋田は、あわてて手を左右に振った。

「思うてません……思うてませんて、そないな大それたこと」

（8）

ゴールデン・ウィークが明けて、五月九日――

第一商事関西支社総務部次長の安東は、一通のハガキをいとおしそうに抱きしめていた。

（やっと、おれのところにもきた）

橋田の前では無関心を装っていたが、じつは安東も内心では、このハガキの趣旨に共鳴し、エリートサラリーマンのための『会社を休みましょうキャンペーン』に参加したくて仕方がなかったのだ。

なんといっても、総務とか人事とか経理といったセクションの人間は、同じ社員でありながら、とりわけストイックな姿勢を要求される。

だから、社内では聖人君子のようなポーズをとってはいたが、安東とてストレスが溜《た》まっているのは他の部署の社員と変わりはない。規律と道徳の代表選手のような顔をしなければならない総務部にいながら、実際はそうしたがんじがらめのイメージに縛られた毎日から脱出したくて仕方なかったのだ。

橋田から『休みましょうの手紙』を見せられたとき、安東は、

（これはコロンブスの卵や！）

と、心の中で快哉《かいさい》を叫んでいた。

（誰が思いついたんか知らんけど、これはすごい着想やで。おれかて、会社に行かずにすむならどんなにええやろ思う日が、しょっちゅうあるんや）

しかし、総務部次長という役職の手前、無関心を装ったままでのことである。次長席に座っている安東は、机の引き出しにしまっておいたそのハガキを何度も取り出しては眺めた。そして、おもむろに手帳を開くと、そこに鉛筆で薄く『代休』と書き入れた。

五月九日付の『休みましょうの手紙』を受け取った『週刊東京』編集長の宝田《たからだ》は、それを記事にすべきかどうか迷っていた。

最近、サラリーマンをターゲットとした『休みましょうの手紙』が、おもに関

西方面を中心に、かなりの猛威をふるっているという噂を聞いてはいた。

　そしてその手紙の輪は、関西というエリアだけにとどまらず、東京はもちろんのこと、それこそ北は北海道から南は九州沖縄まで、全国規模で広まりつつあることが確認されていた。

　だが、いずれにしても、大もとの発信地は大阪あたりであるという説が有力視されていた。現に、彼が受け取ったハガキも消印は大阪の梅田《うめだ》である。

「おーい、ヒマなやつ、ちょっときてくれ。おれのところに、こんなハガキが舞い込んできたんだ」

　校了間際の追い込みでヒマを持て余している者などいるはずもなかったが、好奇心のかたまりみたいな連中ばかりである。すぐに数人が編集長の宝田の周りに集まって、ハガキの回し読みをはじめた。

　そのうち、あれっ、と声をあげる者が出てきた。

「これと同じものを、ぼくも受け取ったな」

「それはどこから来た」

　と、宝田がたずねる。

「西宮《にしのみや》の消印でしたよ。どうも学生時代の悪友が出したらしいんですけど」

「おれんちの郵便受けにも入ってました」

別の編集部員が言った。

「天王寺《てんのうじ》の消印で文面もほとんど同じです。出所は、やっぱり学生時代の仲間で、いま大阪の会社に勤めているやつです」

「ルーツは関西か」

「むかし、『不幸の手紙』というのがありませんでしたか」

と、副編が言うと、あったあったという声があちこちで上がる。

「カナダのなんとかっていう神父がはじめた、なんてもっともらしい講釈が付いていたよな」

「四十八時間以内に五人に出さないと不幸になるっていうところも、これとそっくりじゃないか」

「そのオリジナル版『不幸の手紙』は、昭和四十五年、一九七〇年に流行したのだ」

編集部最長老で、生き字引のヨネさんと呼ばれる、米田《よねだ》デスクが解説を加えた。

「しかし中には、ほんとうに不幸のあった家庭に舞い込んだり、出さないと不幸になるという文面を真に受けてノイローゼになる人も出てきた。だから、とうとう郵政省が、この種の手紙は受取りを拒んでもかまわない、という通達を出したのだよ」

ほーお、という感心の声が洩れた。

「でも、あのときの流行は、もっぱら子供が中心でしたね」

と、編集長。

「そうだよ。先生の家に出す子供も大勢いたが、たいがいはそこで手紙の流れがストップしてしまった。そのあと、筆跡から『犯人』がバレて、職員室に呼び出される間抜けなやつもいたようだ」

と、ヨネさん。

「ところが、この『休みましょうの手紙』は、文面からみてもサラリーマンを対象にしているのは間違いない」

「でも編集長、このハガキもらったら、つい指示どおりに、新たに五人に出したくなっちゃいますよね」

「うむ、趣旨には大いに賛同できるからな」

「それに、ほんとに六月六日にみんなが休んじゃったらいいな、って思いますもん。だから、出しちゃいましたよ、ぼくも」

「おれなんかハガキが来なくたって、出したいくらいだよ。だって、六月六日に日本じゅうで突然会社を休みましょう、っていう企画が実現したら最高じゃないか」

「突然っていうのがいいよな、突然っていうのが」

「このハガキがもとで、全国の会社機能がマヒしたら今世紀最大の事件だぜ」

次々に編集部員が口を開いた。

「これ、ひょっとしたらハガキの流れがストップする可能性は低いんじゃないかな」

副編が言った。

「うん？」

「これだけみんな、ある日突然会社を休めたらいいと思っている人間ばかりなんだ。ひょっとしたら、ひょうたんからコマってこともある。ねえ、編集長」

「やりましょうよ、特集」

「そうだそうだ、やりましょう」

「やろうやろう」

副編の提案に、若手編集部員がどんどんのった。

「六ページくらいの特集でやりましょう」

勢いづいた副編がつづけた。

「見出しは、『緊急特集！　会社を休みましょうの手紙が大流行！　六月六日、日本じゅうの会社からサラリーマンがいなくなる！』ってやるんですよ。その特集で、さらにブームをあおっちゃいましょう。一人でも多くのサラリーマンが、六月六日に反乱を起こすように。ね、いいでしょ」

「いい！　いい！」

編集長が答える前に、みんながいっせいにそう叫んだ。

（9）

「どうしたの、あなた。このごろなんだか、すごく変わったみたい」

恵津子が言うと、

「そうか？　変わったかな、そんなに」

と、原哲生が問い返した。

「だって、こうやって日曜日に家族三人で遊園地にくるなんてこと、ほとんどなかったもの」

「そういえば、そうだよな」

語り合う二人の視線は、回転木馬《メリーゴーラウンド》に乗って笑い声をあげている娘の春美に、自然と向けられる。

五月の最終日曜日――

まばゆいばかりの太陽に照らされ、緑豊かな遊園地には、光とそれから子供たちの笑い声があふれていた。

（これが幸せなんだな）

恵津子と並んでベンチに腰掛けている原は、ふと思った。

（家族三人で、お弁当と水筒を持って、遊園地で日曜日をのんびりと過ごす。少しもぜいたくじゃないけど、でも、とってもぜいたくな時間のような気がする……）

「会社って、いつでも休めるんだな、って思ったら、なんだか気分が楽になったんだ」

原は言った。

「おれたちは仕事の奴隷じゃない。イザとなったら、いくらだって会社に反抗して休んでやるからな――そんなふうに心の中で開き直ってみたら、これまで会社を休むのを恐がっていたのがウソみたいに思えてきた」

原がそんなふうに言えるようになったのは、なんといっても『会社を休みましょうの手紙』の効果である。

このアイデアを思いつき、試しにハガキを何枚か出してみたところ、あれよあれよという間に、休みましょうの輪が広がった。

それは、創始者である原の予測を超えた驚くべきエネルギーをもって、全国に伝播していったのだ。

その事実を確認した原は、悩んでいたのは決して自分だけではないことを知った。

みんな仲間だった。みんな会社を休みたい仲間だった。それがわかったとき、原には絶大な自信が湧き、同時に、堂々たる開き直りの覚悟ができたのであった。

もちろん、夫の心境にこうした変化をもたらした原因も、それから夫が『休みましょうの手紙』をはじめたことも、妻の恵津子は知らなかった。

「いままでのおれって、平気で日曜日でも出勤してたよな」

くるくる回る白馬の列を眺めながら、原はつぶやいた。

「仕事なんだからしょうがないだろ、って、その言葉でぜんぶ片づけてさ」

「うん……そういえば」

「一つ屋根の下に住んでいる家族だっていうのに、恵津子とも春美ともろくに顔も合わせないで会社のほうにばっかり顔を向けていた。だから家族サービスできない見返りに、高いものを買ってやって、それで夫や父親の義務を果たしていたと思っていた。しかもその裏には、おれがこんなに一生懸命働いているからこそ、おまえらはこれだけのぜいたくができるんだぞ、っていう傲慢な気持ちがあった。家族の絆《きずな》は、決して金なんかじゃ買えないのにな」

「哲ちゃん……」

恵津子が、原のことを『パパ』でなく、恋人時代の呼び方で呼んだ。

そんなことは、娘が生まれて以来何年もなかったことだ、と、その言葉を口にした恵津子自身がびっくりしていた。

もちろん、原もだ。

「ほんとに変わったのね」

恵津子の原を見る目が、太陽のせいではなく、まぶしそうだった。

「なんだか、むかしの哲ちゃんが戻ってきたみたい」

「そうか」

原が、横に並んだ恵津子をふり返る。

「うん……なんだか、よかった」

恵津子はにっこり笑った。そして、じっと原を見つめる。

夫婦で見つめあうことだって、まさに結婚以来、という感じだった。

「ほんとによかった」

繰り返し言うと、恵津子は原の手を握った。

人前で手を握るなんて、これもほんとうにひさしぶりのことだった。

東京本社にいたころからそう感じていたが、原の周りにいる会社の男たちは、結婚して十年以上……いや、五年も経ってしまえば、妻に対して恋人時代と同じ感覚を抱いている者など、めったにいなくなってしまう。

とりわけ子供ができた夫婦の間には、もはや結婚という名の契約に縛られた、義務感に満ちた関係しか残っていないケースが大半だった。

もうカミさんとは何カ月もセックスしてないよ、というセリフが当たり前のように語られ、それが一種の勲章のような響きさえ持つことがある。

いや、ぼくは週に何回も、などと言おうものなら、おまえバカか、という言葉さえ投げつけられる。

それが一般的な日本の働く男たちの夫婦観だった。

つまり、冷めてもともと、という感覚である。

いつまでも新婚時代みたいにイチャイチャしていたら仕事に身が入らんぞ。それじゃあ男は大きくなれん、という論陣を張る上役も大勢いた。

どうせ女と寝るんだったら、愛人の一人くらい作って、そこで楽しまにゃあいかん。自給自足で母ちゃんとばっかり寝ているような甲《か》斐性《いしょう》なしではいかん、という大先輩の言葉に、ハイとうなずいてしまう若手も多い。

妻を『母ちゃん』という感覚でとらえることに何の疑問も持たず、年は若いが感覚は早くも中年になってしまったサラリーマンが大勢いるのである。

原も、まさにその仲間に引きずり込まれかかっていたのだ。

「恵津子……」

原は、妻の手をギュッと握り返した。

そして、言おうか言うまいか、さんざん迷ったあげく、照れる気分をふり切って言った。

「これからも、ずっと仲よく暮らそうな」

恵津子の瞳の輝きをとらえると、原は、やっぱり照れてしまったように、相手の手を放して立ち上がった。

でも、一歩遅れて立った恵津子が、すぐに原の手を握り直す。

そして、すばらしい笑顔を浮かべて言った。

「仲よくしようね、哲ちゃん。会社なんかにジャマされないで、ずっと」

原は、その言葉に大きくうなずいた。

「約束するよ、恵津子。会社がすべてじゃないんだ、っていう気持ちを忘れずにいる。絶対に」

「ありがとう」

そう言ってから、恵津子はおかしそうに、うふふと笑った。

「どうした？」

「だって、おかしいんだもん」

「なにが」

「だって哲ちゃん、いつのまにか大阪弁忘れてる」

「あ……」

原は、初めてそのことに気づき、ポカンとした顔になった。

「ほんまや。どないなっとるんねん」

二人で声を合わせて大笑いになった。

そして恵津子と手を取り合ったまま、回転木馬のほうに目を向け直した。

ちょうど娘の春美が乗っていた白い馬が、ゆっくりとその動きを止めようとしているところだった。

「さあ、迎えに行ってやろうか」

原は言った。

「小学校三年になってもメリーゴーラウンドが好きな我が家のお嬢さんも、おれたちの仲よしクラブに入れてあげないとな」

(10)

暦が六月に入ると、『休みましょうの手紙』のブームは、加速度的に燃え上がっていった。

もはや、例のハガキリレーは口コミの世界に奥深く潜行するというのではなく、完全に社会現象として日本じゅうのマスコミが注目するものになっていった。

誰がどんな動機でいちばん最初の『休みましょうの手紙』を書いたのか、それを説明できる者は、原哲生以外には誰もいなかったが、いずれにせよ、この盛り上がり方は尋常ではなかった。

すでに、ことはサラリーマンの世界という枠を超え、働く者なら誰でも参加すべき一大イベントといった様相を呈してきた。

ハガキの中には『すべての労働者諸君』と、時代がかった呼びかけではじまるものもあったが、まさに現状は、すべての労働者に向けて、六月六日、突然仕事を休んでしまおうという訴えが、強烈に投げかけられているのだった。

仕事に穴をあける——正式に許可された休暇をとるのとはまったく重みの違うこの行為は、人々にとって恐ろしいほど誘惑的だった。

まじめな人であればあるほど、六月六日への期待感は強まっていった。

ひょっとしたら、六月六日は歴史に残る日になるかもしれない——先月までは、誰ひとり本気でそう予測する人はいなかったのに、いまではそうなると信じる者が圧倒的多数を占めていた。

「六月六日、あなたはほんとうに仕事を勝手に休みますか」

各種世論調査では、その質問に対して、平均七〇パーセントを超える人間が、休むつもりでいる、とハッキリ回答していた。

これは大変な数字だった。

そして、六月一日、二日、三日と日が経つにつれて、『休みましょうの手紙』の呼びかけに応じてほんとうに仕事を休む、と宣言する人の率はどんどん高くなっていった。

六月三日、金曜日の朝刊各紙には、この『休みましょうの手紙』ブームが、社会に現実的な影響を与えるのは、ほぼ間違いなかろう、という観測が打ち出されていた。

それを見て、日本じゅうの経営者たちがあわてた。その日の午後、第一商事の本社およびすべての支社の至るところに、社長通達が貼り出された。

それにはたった一行、こう書いてあった。


六月六日（月）無断欠勤した者は厳罰に処す　　　社長

(11)

六月五日、日曜日——

日本じゅうがざわついていた。

人が集まるところすべてで、『明日、仕事をさぼるのか』という質問が飛び交っていた。

ある旅行代理店は、六月六日の月曜日を、すでになんらかの方法で休みにしてしまった社会人は相当数にのぼるものと思われる、という見解を発表した。なぜなら、おととい金曜日の夜に出発した近隣リゾート地への三泊四日の海外旅行客数が、ふだんに比べて激増していたからである。

その一方で、職種を問わず全国の経営者は、第一商事の社長がそうしたように、ブームにのせられた無断欠勤者には懲戒免職を含む厳罰措置を講じる、という強硬姿勢で足並みをそろえてきた。

また、マスコミでは、こういう事件につきものの仕掛け人探しがはじまっていた。

私こそは『休みましょうの手紙』の仕掛け人と名乗りを挙げてきた者は、すでに五十人を下らなかった。

さらには、電車の中や街角で「さあみんな、六月六日は休みましょう」と叫ぶ『休みましょうおじさん』も各地に出没するさわぎである。

誰もが予想だにしなかった大規模な『会社を休みましょう』キャンペーンの広がりは、テレビやラジオ局の編成部をも動かした。

すでに月曜朝の時間帯に、各局は軒並み特別番組を敷いてきた。たとえば『生中継——職場から人間が消える朝』というような企画である。そして、この種の特番のオンパレードに対し、所轄の郵政大臣からは、いたずらに世情の混乱をあおるものとして、異例のクレームが寄せられるほどだった。

その日曜日の夕刻——

第一商事関西支社の総務部フロアでは、次長の安東と食品第三部の係長、橋田が隅のほうでヒソヒソ話をしていた。

彼らの周りには、あと十分したらはじまる各部代表緊急会議のために呼び出された面々が、ぞろぞろと列をなして会議室の前に集まっていた。

経営陣は、明日、六月六日にそなえて、さらに先手を打ってきた。

各部署の代表を日曜日の夜から会社に泊まり込み体制で出社させ、明日の月曜日朝、それぞれの所属の社員全員の家庭に、間違っても休むんじゃないぞ、という脅しめいた『モーニングコール』をかけさせる作戦である。

経営陣は、この作戦にコード名をつけることにし、東京本社総務部でいくつかの案が練られた。

『来てねコール』『会社に行きましょうの電話』『おはようニッポン』などというネーミング案が出されたが、どれも社長の気に入らず、最終的には社長自身の考えたものが強引に押しつけられた。

作戦コード名『忠誠一号』である。

「次長、どないなりますんやろな、明日」

係長の橋田が問いかけると、

「さあ」

と、安東が首をひねった。

「さあ、言うたかて、次長はんもけっきょくは『休みましょうの手紙』出しはったんとちゃいますか」

「そら出したわ。出したことは出したけどな……」

「あ、いまさら裏切ったらあきまへんで」

「このおれが、そんなこすい男に見えるか」

「見えるときもありまんな」

と言って、橋田はカッカッカッと笑った。

それから表情を引き締め、会議室の前にたむろしている面々を気にしながら、小声でつづけた。

「ところで次長、原のやつはどないしますやろ」

「うむ、原なあ……」

安東は、集まったメンバーの顔ぶれを見渡しながら、アゴをなでた。

その中に、原哲生の顔はない。

働き虫だのごますり社員だのと陰口を叩かれた原は、最近ではめっきり仕事についてマイペースを貫くようになってきた。いままでは自分からすすんで休日出勤をしてきたのに、それもまったくしなくなった。

それに、周囲におもねるような大阪弁もピタッとやめた。

また、上司や年長者に対して、『原さん』ではなく『原君』か、もしくは『原』と呼び捨てにしてくれなければ、返事はしませんよ、と通告してきた。

この変わりように、もっとも驚いていたのが、原イジメの代表格だった安東と橋田である。

今回の『忠誠一号』作戦の電話要員に原も選ばれたのだが、彼は休日は家族といっしょに過ごしますから、という理由で、参加命令を拒んだ。

以前の原には考えられないことであった。

「ひょっとしたら、あいつ、出てこんかもしらんな、明日は」

安東が感想を洩らすと、橋田も、そのとおりというふうにうなずいた。

「原哲生は、全社員が休んでも一人で出てきて仕事をするような男や、思うとりましたが、変わりましたな」

「ああ、変わった」

「これも『休みましょうの手紙』の影響ですやろか」

「たぶんな」

ちょっと沈黙がつづいた。

そして、思い出したように、橋田が、また口を開く。

「ところで次長はん」

「なんや」

「ゆうべ一晩よう考えましたらな、ちょこっと心配になってもうて」

「何が」

「いえね、こんなバカ騒ぎにのせられて休んだはええけど、あくる日には、ごっつう虚しい気分になるんとちゃうかー、思いましてな」

「…………」

「そら、休むときはスリル満点でええですけど、火曜日、どないなツラ下げて会社に来たらええんかと……。ほら、小学校のころ、ずる休みなどをした翌日は、学校にえろう行きにくいやないですか。あれと同じ気分を味わうんとちゃうかなーと……」

「なんや、橋田」

安東は、ドスの利いた低い声になった。

「明日を目の前にして、ちびったんか」

「いやいやいやいや、そんなことはおまへん」

橋田は、いつもの癖で、目の前でパタパタと手を振った。

そして、感心した目つきで安東を見つめた。

「……さいでっか。次長はんの決心は固い、ゆうことでっか。いや、見かけによらず大胆なお方でんな」

「あたりまえや。会社を勝手に休めるチャンスなんて、今回を逃したら、もう二度とあらへんさかい」

そう言うと、安東は立ち上がった。

「さあ、行くで。『忠誠一号』作戦の会議の時間や」

(12)

原哲生は夢を見ていた。

また例の夢である。

第一商事のどこかに隠された会社型コンピュータ『商事くん』——その奇妙な形の機械に、原は向かい合っていた。

いつものとおり金色のＩＤカードを入れる。

そして、ビルの窓に似せたキーボードを叩く。

すると、ビルの一階部分にあたるスクリーンに明かりが灯って、文字が浮かび上がった。

コンニチハ　ボクハ　ショージクン　デス

そのメッセージにしたがって、ビルの窓明かりが点滅した。

と——

いつものように、しばらく間をおいてから、原のＩＤ番号が出てくるかと思ったら、まったく予想もしていなかったメッセージが現れた。

キョウハ　リンジキュウギョウ　イタシマス
アナタモ　イッショニ　ヤスミマショウ

その文章を原が認識できる時間だけ、スクリーンに文字が浮かんでいたが、やがてなんの前ぶれもなくプツッと電源が切れ、『商事くん』の画面は真っ黒になった。

それと同時に目が覚めた。

寝つけないかと思っていたが、いつのまにかぐっすりと眠っていたらしい。暗闇の中で緑色の光を放つデジタル時計に目をやると、午前三時だった。

つまり、もう運命の六月六日になっているのだ。

(ほんとうに人々は、きょう一日、働くことをやめるのだろうか)

そんなことを思いながら、ベッドから起き上がろうとすると、何か柔らかなものが手に触れた。

恵津子の体だった。

原は、そのとき初めて、ツインベッドの片方に二人で寝ていたことに気がついた。

二人とも裸だった。

心地よい疲労感でぐっすり眠ってしまったわけがわかった。

原は、気持ちよさそうに寝息を立てている恵津子を起こさないようにして、ベッドからそっと抜け出した。そして、下着をつけて洗面所へ行った。

そこで顔を洗ってから、娘の部屋をのぞいてみる。

春美は、お気に入りのぬいぐるみを抱いて、すやすやと眠っていた。恵津子に似た可愛い寝顔だった。

その額にチュッとキスをしてから、原はリビングとつながったキッチンへ行った。

暗闇の中を手探りでテレビのリモコンスイッチを探し、電源を入れてみた。

荒れた粒子が無秩序に躍っていて、やけにまぶしかった。

月曜未明のこの時間は、放送休止にしている局が多いのは知っていたが、しかし、すべての局がそうではない。とりわけ、衛星放送は地球の食による休止期間をのぞけば、原則として二十四時間放送だ。

その衛星放送にチャンネルを合わせてみようかと思った。……が、原は思い直して、リモコンの電源をオフにした。

砂嵐のような画像が小さな光の点に縮まって、やがて周りはまた真っ暗になった。

つぎに原は、キッチンの隅に置かれた冷蔵庫の扉を開けた。中の明かりが洩れ出してきて、さっきよりも周囲は明るくなった。

原は身をかがめて、いちばん下の段に並んでいた缶ビールを一本取り出した。やけに喉が渇いていた。

缶ビールを手にして冷蔵庫から離れると、自動的に扉がしまり、ふたたび周囲は真っ暗になった。

原は、そのままゆっくりとした足取りで窓辺に近寄った。そして、閉めてあったカーテンをそっと引き開けた。

水銀灯の明かりが、ぼんやりとにじんで見えた。

雨だった。

運命の日は、静かな雨ではじまっていた。

闇の中でキラキラ光る銀色の雨を見つめながら、原は思った。

（おれが……）

（おれが、日本じゅうの人間の運命を変えたのだろうか）

不思議なことに、興奮するような気持ちはまったくなかった。

氷のように澄み切った心境だった。

やがて夜が明けるころには、いまの原の問いに対する答えは出ているにちがいない。

(みんながどのように行動しようと……)

その先は、声に出してつぶやいた。

「おれは、おれだ」

そして原は、缶ビールのプルトップに指をかけ、それを真上に引き起こした。

プシュッと淋しい音がした。

完

エピローグ――東海林からの手紙

悦ちゃん――

きみがいまどれほどのショックを受けているか、ぼくには想像もできないし、それを慰める言葉もない。

ただ、森川晶の親友として、それから森川悦子の学友として、きみにぜひ伝えておかなければならないことがある。

それは、森川がついに自分の言葉で伝えることのできなかった、きみへのメッセージだ。

同封した『プロメテウスの休日』は読んでもらえただろうか。もしも、まだだったら、先に森川が書いたこの小説に目を通してほしい。そのあとで、ぼくの手紙を読んでほしいんだ。

ぼくは、森川がこの作品を投稿した出版社に電話をかけ、事情を話したうえで、特別にコピーをとってもらって、生原稿のほうを引き取ってきた。

森川が一カ月間、必死の思いで取り組んだその苦労が、ナマの形でわかる原稿だよ。つまり、森川が遺《のこ》したきみへの形見だ。

悦ちゃん、読んでみてわかったと思うが、『プロメテウスの休日』の登場人物には、現実の人間をモデルにしたものがずいぶんある。

森川と話をしていてしょっちゅう話題に出てくる蜂谷さんが、たぶん橋田係長のモデルだろう。それから、秦野部長の殺人事件で森川のことを露骨に疑った総務の安西部長は、小説の中では安東次長として出てくる。

原のことをなんでも分析してしまうコンピュータの『商事くん』とは、ひょっとしたら、このぼくのことかもしれないね。

そしてなによりも、主人公である原哲生というのは、森川晶そのものだし、原の奥さんの恵津子というのは、読み方がまったく同じであるように、悦ちゃん、きみがモデルなんだ。

いや、もう少し正確なニュアンスでいえば、森川にとって本来あってほしいきみの姿が、作中の恵津子として描かれているんだ。

森川はね、この小説を書いている間、ほとんどぼくにも電話をかけてこなかった。ほんとうに、作品の完成に全身全霊を傾けていた。

でも、その過程で、彼は重大なことに気がついたんだ。それが、ぼくにはよくわかる。それは、作品の中の第9節で示されている。あの遊園地のシーンだよ。あそこで主人公の原は、奥さんの恵津子に、会社本位の毎日がどれだけ間違っていたか、反省の言葉を述べているだろう。あれは、現実の森川の言葉そのものだったんだ。だけど本物の森川は、小説の中の原とちがって、素直に悦ちゃんに反省の気持ちを表すことができなかった。

そのことを、あいつはものすごく悔やんでいた。

そして、もしも自分が素直に過ちを認めたならば、きっと悦ちゃんはこんなふうに変わってくれるだろうと思い描いたのが、やさしい原恵津子の姿なんだ。

悦ちゃん、きみと森川はずいぶん殺伐としたケンカをしただろうし、もう二人の間には愛情なんてないんだと思い込んでいたかもしれない。

でも、やっぱり森川はきみのことを愛していたんだ。愛していたけれど、責任感が人一倍強い彼は、悦ちゃんとの関係を改善するために、思い切って仕事を捨ててしまうということが、なかなかできずに悩んでいた。

その悩む気持ちが、ずっと彼を苦しめていた。会社を突然休めたらどんなにいいだろう、とね。

で、そんな彼の頭にひらめいたのが『休みましょうの手紙』のアイデアだった。きっと、森川は半分本気で、このアイデアの実現を夢みていたと思うんだよ。

新人賞の最終選考会が来年の一月末日で、そこでもしも賞をとれば、二月の下旬に発売となる雑誌に掲載される。そこで、森川晶の『プロメテウスの休日』が世間の注目を浴びれば、この小説の中に描かれていた『休みましょうの手紙』が、ほんとうに現実世界で動き出すと思った。運命の日を六月六日と設定しておけば、それまでの間に、日本じゅうのサラリーマンを巻き込んだ巨大な『会社を休みましょう』運動が盛り上がる可能性があると考えていた。

夢のような話だけれど、森川は、本気でその日を待ち望んでいた。やっと自分が会社から解放される日を……。

悦ちゃん、小説の中の『休みましょうの手紙』の部分を読んで気づいただろう。ふだんの森川からは想像もつかないユーモアがあちこちにちりばめられているじゃないか。そうなんだ。あいつも、根は愉快なやつなんだ。仕事仕事で目尻を吊り上げているようなやつじゃないんだ。

だって、大学時代がそうだったじゃないか。文Ⅲ劇場で芝居にかけた、あいつの脚色による『そして誰もいなくなった』を覚えているかい。ミステリーなのに、随所にギャグがちりばめられていて、見ていた連中は大笑いだったじゃないか。

本来ならきみとあいつの結婚生活も、そんなふうに笑いに満ちた楽しいものになるはずだったんだ。それを『会社』という化け物がジャマをしていた。その邪魔者をなんとか取り除こうと、森川は必死だったんだよ。


悦ちゃん——

私、ほんとうは東海林君と結婚したかったの、なんて言うなよ。

たしかに、ぼくはきみという女性をよく理解できていたと思う。だけど、より深く理解していることと、より強く愛していることとは別なんだ。

たしかに愛情だけでは結婚生活はつづかないかもしれない。でも、相互理解だけでも、潤いのある結婚生活は送れない。

森川と最悪の状況になったから、とにかく話をきいてほしいと悦ちゃんから電話をもらったので、東京に出てきた日があっただろう。

あの晩、ぼくは何も知らない森川と焼き鳥屋でいっしょに飲んだ。遅くまで飲み明かした。

やっぱり、森川は最高の男だよ。ちょっぴり神経質で、ちょっぴりプライドが高いけれど、でも純粋で、真面目で、素朴で、とってもいいやつだ。そして、きみへの愛情をずっと捨て切れずにいるのもよくわかった。

あいつが仕事漬けの毎日からなんとか早く立ち直ってほしいと、ぼくは心から思った。その泥沼を脱け出せば、ぜったいに悦ちゃんとの関係だって元どおりになる。ぼくは、そう信じた。だから、本来なら翌朝きみと会うことになっていたけれど、ぼくは、そのまま黒姫高原へ帰ってしまったんだ。

この手紙のはじめに記したように、森川がとうとう伝えることのできなかったきみへのメッセージを、最後に書いておこう。

あれは新人賞の応募しめきりの前日、十月三十日だったと思うが、悦ちゃんが荷物をまとめて実家へ帰ってしまっただろう。あの夜遅く、森川がぼくのところへ電話をかけてよこしてきたんだよ。

もうしめきりギリギリで、電話で話をする余裕などないと思っていたのに、あいつは電話をかけてきた。

「東海林」

最初の一声は笑っていた。

「悦子が出ていっちゃったよ……もう、取り返しがつかないかもしれない」

笑っていると思った声は、涙をこらえている声だった。

「さびしいよ、東海林。さびしい……」

森川は、こんどこそほんとうの涙声になった。

「たのむ、三分間だけ泣かせてくれ」

そう言うなり、森川は電話口で思いっきり泣きはじめた。

あいつは、詳しい事情は何も言わなかったし、ぼくも何も聞かなかった。とにかく三分間、いや、実際にはもっと長かったと思う、森川はおいおいと男泣きに泣き続けた。

それで、ようやく興奮が鎮まってくると、森川は言った。

「すまない」

だから、ぼくも言い返した。

「何を謝っているんだ、バカ」

さらにつけくわえた。

「おまえたちの青春を、会社なんかに壊されるなよ」

「わかった」

と、森川は短く返事をした。ひどい鼻声だった。

「それで、小説はどうなんだ。明日だろ、しめきり」

ぼくがたずねると、

「なんとか間に合いそうだ。ほんとうにギリギリで、なんとか」

「そうか、頑張れよ」

励ますと、あいつはこう言った。

「こないだおまえには秘密だって言っといたけど、もしも賞をとった場合の賞金百万円の使い途なんだけど……」

「ああ、何に使うつもりなんだ」

「悦子にエジプト旅行をプレゼントしようと思って……」

「最高じゃないか、それは」

「喜んでもらえるかな、悦子に」

心配そうな声で、森川は何度も聞き返すんだ。

「なあ、東海林。きっと喜んでもらえるよな、悦子に」

「当たり前じゃないか」

ぼくは太鼓判を押してやった。そして、さらに念を押すように言った。

「おい、森川。プレゼントするだけじゃなくて、おまえもいっしょに行かなきゃダメだぞ」

「でも、そんな長い休暇は会社が……」

と、反射的に言いかけて、森川はアハハという声を出した。

「しょうがない人間だな、おれも」

泣いているような笑っているような声で、あいつはアハハと言った。

そして、急に黙りこくったかと思うと、ポツンとつぶやいた。

「とにかく、おれ……悦子がいないない毎日なんて考えられない」

それが、ぼくが聞いた森川の最後の言葉だった。

森川の死は犯罪がらみではなく、心臓マヒを起こしたのだという警察医の見方は、たぶん当たっているだろうと、ぼくは思う。最近、胸がキリキリ痛むとよく洩らしていたから心配はしていたんだけれど、その心配が現実のものになってしまった。

なんといっても、あいつは一カ月間、それこそ寝る間も惜しんで、食事の時間も削って、小説の完成めざして頑張ってきたはずだからね。かなりの無理を重ねていたんだと思う。だけど、会社の束縛から解放される夢と、悦ちゃんを幸せにする夢を追いかけて、森川は体力と精神力の限界まで頑張ったんだ。

そして、しめきりギリギリに『プロメテウスの休日』を脱稿すると、その応募原稿を投函するために、駅から郵便局の本局まで全速力で走っていったんだろう。走らなくたって、じゅうぶん間に合うのに、あいつは走った。

その帰りに、たぶん発作を起こしたんだ。

投函した後の発作だったから、もしかしたら森川は、もういいやと思ったのかもしれない。生きることにしがみつかなくても、もういいや、と。

だとしたら、バカヤローだよな、あいつ。

悦ちゃん——

この『プロメテウスの休日』が、選考過程でどこまで残るのか、ぼくには予測もつかない。でも、賞をとるとか、とらないとかの問題ではなく、この小説は、あいつがきみに遺した最高のプレゼントだと思うんだ。

きみもそう思うだろう？

あとがき

吉村達也

一つの作品が誕生するさいには、さまざまな偶然が左右することがあります。

この『「会社を休みましょう」殺人事件』の場合もそうでした。

光文社文庫の書下ろし作品のテーマとして、会社を休みたくても休めないサラリーマンの悲劇を選び、タイトルも『「会社を休みましょう」殺人事件』にする。そこまでは決まっていたのですが、まだ具体的な構成にとりかかっていなかったある日――

急に思い立って、執筆の合間に洋服ダンスの大整理に取りかかると、中身不明の段ボール箱が出てきました。何を入れていたのかと開けてみると、なんと懐かしい、サラリーマン時代にコツコツと書いていた小説原稿の山です。

いまは私はワープロですが、段ボール箱から出てきたのは四百字詰め原稿用紙の山。年代的にいえば、ほぼ七年前から十年前のものですから、デビュー作『Kの悲劇』を書いたころ、および、それよりさらに二、三年遡《さかのぼ》るころまでの作品です。

作品といっても、最後までちゃんと書き上げてあるものは少ない。多くの原稿が途中でほうり出してある形になっています。このへんはプロと違うところで、アマチュアの場合は、書き上げなくても誰にも迷惑がかからない。だから逆に、歯をくいしばってでも脱稿しようという迫力に欠けるわけですが……。

そんなアマチュア時代の原稿ストックの中から、おっ、と思うものが出てきました。

ペンネーム……森川晶。

タイトル……『プロメテウスの休日』。

じつはこれ、私ひとりの作品ではないのです。ペンネームの森川晶という字をよく見てください。三つの文字それぞれすべてが、同じパーツが三つ重なってできているでしょう。「木」が三つで「森」、タテ線三つで「川」、そして「日」が三つで「晶」。

つまり、これは三人の合作であることを示すペンネームなのです。

その三人とは――当時の肩書でいいますと――ニッポン放送制作部のプロデューサーであった宮本幸一。企画会社ネットワークのプロデューサー梶原秀夫。そして、ニッポン放送から扶桑社《ふそうしゃ》という出版社に出向してまだ一年も経っていないころの私、吉村達也です。

三人とも三十代前半の若さでした。

もとはといえば、私に、どうしても映像化したい企画がありました。しかし、サラリーマンという立場では、いくら素晴らしい着想があっても実現は難しい。なんとかいい方法はないだろうかと、日ごろ親しくしている宮本・梶原の両氏に雑談まじりに話しました。

するど、『映画を作るには、まず企画原案者が有名じゃないと、製作費は出してもらえないんじゃないか』ということになり、有名になるにはどうしよう？　それは作家デビューだ。じゃあ、作家になるには？　新人賞だよ――というぐあいに、なんともまあ回りくどい発想をしたのちに、三人でいっしょに一作書いてみようとの結論に達しました。

そして、流行作家よろしく、西新宿の東京ヒルトンに部屋をとっての企画会議ということになりました（ちなみに、ホテル代は会社の経費で落としていませんので念のため）。いまから九年前、一九八四年の出来事です。

この『プロメテウスの休日』の骨子となる、『会社を休みましょうの手紙』という発想は、なにも三人のメンバーが会社を辞めたがっていたから出たものではありません。

森川晶を構成する一人、私にとっては会社の二年先輩にあたる宮本氏が、当時のニッポン放送の人気番組『三宅裕司のヤングパラダイス』のチーフをやっていた。その番組の企画打ち合わせで、ラジオを聴いている子供たちに、明日、学校を休もう、と呼びかけ、それが本当になったら面白い、というアイデアが出たのです。

でも、子供たちというのはノリがよすぎて何をしでかすかわからない。人気者の三宅裕司がマイクの前で『明日、学校を休もう』と叫んだら、シャレにならない結果を招きかねません。それで、このアイデアはボツになりました。

それを会社に置き換えたら面白いんじゃないか、という話が、三人の企画会議で持ち上がったわけです。ああ、明日会社を勝手に休めたらどんなにいいだろう、と思うのはサラリーマンなら誰しも経験する気持ちですからね。だから、ストーリー展開のアイデアもどんどん出てきた。

けっきょく朝までかかって、人物設定や具体的な筋運びをああでもないこうでもないと徹夜で議論し、なんとか小説の骨子ができあがりました。

それを吉村が持ち帰って、具体的に原稿用紙八十枚の小説として、まずなにはともあれ書き上げてみる。それをもって、第二回目のミーティングを開いた。

この第二回会議では、私の書き上げた四百字詰め八十枚の第一稿を、宮本・梶原の二人がホテルの部屋の端っこに集まって、会話部分や表現などに赤を入れていきます。ストーリーの部分変更もあった。その赤の入った原稿を、デスクの前に座った吉村が片っ端から受け取って、また新たに再構成していく、という作業です。

出来上がった第二稿は、読みやすい字を書くことでは天下一品の梶原氏が清書をする。そして、清書原稿を後日もういちど三人で再点検して、決定稿が出来上がる、という段取りでした。

あとは、いよいよ投稿です。

応募先は、一九八四年七月末日しめきりの『第四十三回　小説現代新人賞』。

結果はどうなったか。応募総数八百九十一編の中で、第三次予選の二十六作までは残った。しかし、最終候補の七編には洩れてしまいました。

森川晶にとっての初挑戦は、そういう結果となりました。

でも、まだまだ一度のチャレンジであきらめることはない。一回目でここまできたのだから、また次回のチャンスにも挑戦してみよう、などと三人集まっては話していたのです。

ところがそのうちに、三人が三人とも、仕事の上で、小説の主人公顔負けの、目が回りそうな忙しさに襲われることになったのです。

宮本氏は、ラジオの聴取率競争における現場責任者ともいうべき編成部の副部長に昇格。私は出版社のタレント本と海外翻訳ものの編集長に就任して、契約プロデューサーとして助《すけ》っ人《と》に来てくれた梶原氏とともに、『おニャン子』だ『恐怖のヤッちゃん』だ『十回クイズ』だ、あるいは扶桑社ミステリー文庫の創刊だ、と、本作りに追われる毎日。

三人にとっては、それこそ『会社を休みましょう』殺人事件の犠牲者になりそうな日々がはじまったのです。

そんなわけで、ついに森川晶の第二作は完成することがありませんでした。

こういったいきさつのある原稿『プロメテウスの休日』が、いま、忽然《こつぜん》と私の目の前に現れたのです。まさに九年ぶりのご対面です。

これを見た瞬間に、今回の『[会社を休みましょう]殺人事件』の構想がパッと思い浮かんだ。それで、かつての『森川晶』のメンバーに連絡をとって、あの『プロメテウスの休日』をぜひこんどの書下ろし作品の中で蘇《よみがえ》らせたい、と話したのです。

あれから九年——

宮本氏はニッポン放送の編成局長。梶原氏は企画会社の代表取締役社長。そして私は、プロの推理作家。

とりあえずは、みんな会社に殺されることもなく生き延びて、それぞれの道を元気に歩いています。

執筆当時、三十代前半だった三人も、全員四十の大台に突入しました。でも、三十代のときの夢が、形を変えながらも、四十代になってついに実現できて、ほんとうによかったと、みんなで喜びました。夢を夢で終わらせずに、それを現実のものとできた感慨は特別です。

　今回『［会社を休みましょう］殺人事件』の作中作として、九年前の新人賞応募作を用いるにあたっては、時代背景のそぐわないところや、文章の未熟なところなどに吉村が手を入れました。そして、分量をだいぶ縮めるとともに、本編のストーリー展開にうまくはめ込めるよう思い切ったアレンジもしました。

　九年も経てば、年もとるが人生経験も積み重ねます。九年前よりも、はるかに深みを増した森川晶・作による『プロメテウスの休日』が、本作の中で蘇ったと思います。

　参考までに、思い出のオリジナル版『プロメテウスの休日』は、こんな書き出しでした。


　第一商事のメインコンピュータ、ホワイトⅢ世はその呼び名通り、周囲よりもさらに白い『完全な白《パーフェクトホワイト》』の姿で部屋の中央に据えつけられていた。

　部屋全体を白一色のインテリアで統一したことも信じられなかったが、コンピュータを白塗りにするという神経はもっと信じられなかった。

　真空管を使っていた第一世代、トランジスタの第二世代のころは、確かにコンピュータは神様だった。しかしオフィスに完全に溶け込んだ昨今の第三世代コンピュータを、白装束の神様扱いする感覚は全く異常だった。

（或《ある》いは上が相当時代遅れなのかもしれない）

原哲生《はらてつお》はそう呟《つぶや》いてホワイトⅢ世の前に座った。

いま読み返すと、ほほえましいくらいに気負った出だしです。でも、このオリジナルを読み返すと、ホテルに自主カンヅメになった九年前の日が、きのうのことのように思い起こされます。何かに夢中でチャレンジしていた時代があったということは素晴らしいし、そのマインドをいまも三人が持ち続ける環境にあることは、もっと素晴らしいと思います。

なお、本編の文章が三人称敬語体となっているのは、ミステリーとして非常に珍しいのではないかと思います。『私』という一人称での敬語体で書かれた小説はよく見かけますが、三人称での『です・ます調』は例が少ない。

これは中里介山《なかざとかいざん》の『大菩薩峠《だいぼさつとうげ》』を読んだときにヒントを得たのです。あの大長編は、すべて三人称敬語体で書かれていますから。それで、試しに短編をこのスタイルで書きはじめたら、なかなか書きやすいうえに、読みやすい。長編でも、なんとか抵抗感はなさそうです。

いや、抵抗感がないどころか、とくにサラリーマンものをこの語《かた》り部《べ》調で書いてみると、独特の味わいが出る。『だ・である調』よりもずっといいんです。

それで、今回の『「会社を休みましょう」殺人事件』に、思い切ってこの文体を使ってみたのですが、いかがでしたでしょうか。

できれば、この文体によるニュータイプのミステリーを、今後ともいくつか書きつづけていきたいと思っています。

一九九三・八・一五　記

解説——色褪せない面白さとメッセージ

有栖川有栖

『「会社を休みましょう」殺人事件』は、タイトルを聞いたところではサラリーマン生活を題材にしたユーモアミステリのよう。確かにその要素はしっかりあるのですが、簡単にそう呼ぶにはあまりにもユニークな小説です。

読み終えた時、「身につまされるなぁ。判《わか》るよ」と悲哀を感じ、ほろりと落涙する人がいることでしょう。別の読者は「これは大人のメルヘンだ。サラリーマンの喜怒哀楽とともに大人の夢が描かれている」と感じ、また別の読者は「ミステリとして楽しめるし、風刺が利いているし、構成にも工夫があって面白かった」と満足の笑みを浮かべる。「日本人と日本の社会が持つ根深い問題について考えさせられる」という人もいるはずで、実に多様な読みが可能なのです。

色々な感情が同時に押し寄せてきて、不思議な感動に襲われるかもしれません。こんな小説は、めったにないでしょう。

本書は、一九九三年に書き下ろしの形で光文社文庫から出版された作品の再文庫化です。発表されてからもう四半世紀も経《た》っています。

一九九三年といえば、日本が好景気の宴に浮かれたバブル経済が崩壊（一九九一年）した後の景気後退期ですが、バブルの余熱はまだしっかりと残っていて、「ちょっと頭を冷やそう」という感じの時期でした。異常だったものが正常に戻るプロセスであり、やがて日本経済はまた右肩上がりに復調する、と大方の日本人は信じていたのですが――。

そこから〈失われた10年〉が過ぎ、ＩＴバブルという小さな盛り上がりがきたと思ったらリーマン・ショック（二〇〇八年）でダメージを食らって〈失われた20年〉となり、立ち直りかけたところで東日本大震災（二〇一一年）に見舞われました。経済危機や巨大災害にも増して大きな問題となっているのは人類史上に類を見ない急速な少子高齢化で、移民の大規模な受け入れ（とても難しい）以外に特効薬はなさそうです。

この小説が書かれた当時のサラリーマンの平均給与は、約四百五十二万円。二〇一七年度は、景気回復期で上昇したといっても約四百二十二万円にすぎません。その間、物価指数はデフレのおかげで抑制されていたとはいえ、四ポイントほど上昇しています。

植木等が「サラリーマンは気楽な稼業ときたもんだ」（本書の中で引用されています）とおどけて歌ったのは、はるか昔。実直に勤めていれば年功序列で昇給し、家族四人が安心して生活できた時代は遠くなりました。

かくいう私は、一九九四年の夏に会社を辞めて専業作家になった者（サラリーマンが気楽な稼業ではないことは重々承知）ですが、かつてと現在の違いには嘆息してしまいます。えらいことになっているな、と。

作家なんて何の保障も後ろ盾もない水商売で、退職する時はちょっとした冒険でした。それがどうでしょう。過日、私の妻は親戚のおじさんからこんなことを言われたと言います。「あんたのところは、ええな。旦那さんが自由業やから安定してる」――って、これ、唖然《あぜん》とするけれど本当の話ですよ。平成不況の間に大きな会社の倒産やリストラの荒波があったせいで、会社員の方が浮草のごとき作家より不安定に思える時代がこようとは。

話を本書に戻して――。

前述のとおり、サラリーマンを取り巻く環境はここ四半世紀で激変しました。環境が変われば、暮らし方のみならず心理も変化するわけで、サラリーマンを題材としたフィクションも様変わりします。それなのに、『「会社を休みましょう」殺人事件』は陳腐化を免れているどころか、まったく色褪《いろあ》せていない。この小文を綴《つづ》るにあたって再読した私は、驚かずにはいられませんでした。

もちろん、携帯電話やパソコンがビジネスマンの必携・必須のアイテムになる前が舞台ですから、執務中に自分の席ですぱすぱ煙草《たばこ》を吸うなど懐かしい（？）場面も出てきますが、昇進・人事異動に関する悲喜こもごもや家庭生活と仕事のバランスが取れない悩みなど、今も昔も変わりません。男女雇用機会均等法（一九八六年に施行）があるのに残る男女不平等も現在と同じ。セクハラという言葉も登場し、社会変化の速さどころか遅さが浮き彫りになっています。これは、作者・吉村達也さんがサラリーマン生活ひいては日本社会の本質的な箇所に狙いを定め、的の中心を正確に撃ち抜いているからにほかなりません。

作中で起きる殺人事件は衝撃的です。主人公の森川晶が畏敬していた『鬼部長』『猛烈部長』と呼ばれる上司が、休日の社内で絞殺され、その断末魔の顔を写したおびただしい数のコピー用紙が床に散乱していた、というのですから。IT社会になった今も、コピー機がオフィスの象徴の一つであることは変わりません。また、凶器が被害者自身のネクタイということにも意味があり、こちらはサラリーマンの象徴です。しかも、そういう状況を謎解きにフルに活《い》かすのですから、作者は周到極まりない。

部長殺しの犯人なのではないかと社内で怪しまれ、妻の気持ちや考えが受《う》け容《い》れられないために夫婦の関係にも危機が訪れ、大学時代の友人・東海林のアドバイスにも従えず、森川は心理的に追いつめられていきます。「会社を辞めたい」と思っても辞められず、「休みたい」さえ実行できない有り様。そんな森川が見出《みいだ》し、摑《つか》もうとした希望とは——。

吉村さんは、手際よく殺人事件の解決を描いた後、この小説を別の盛り上がりに向かわせます。「おっ、一つの長編で二度楽しめるな」と思った方がいるかもしれませんが、最後に待ち受けていたのは読者の心を大きく揺さぶる意外な結末です。唐突なようでいて、それは恐ろしいばかりのリアリティを感じさせます。

冒頭に「色々な感情が同時に押し寄せてきて、不思議な感動に襲われるかもしれません」と書きましたが、それは私自身の読後感でした。「めったにない」読書体験を多くの方と共有できれば、と願っています。

本編をお読みになった方は、もちろん「あとがき」もお読みですね？　そこで語られている創作の裏話はまことに興味深く、掌編作品のようです。「こういう経緯で書かれた小説だったのか。吉村さん、うまくまとめたなぁ」と感心しながら、私はこの小説が持つ強いリアリティと熱の淵源を見た思いがしました。旧作を器用に仕立て直したどころではありません。

吉村さんは、アイディアたっぷりのミステリやホラーを量産したのみならず、英語学習法、がん告知や現実の殺人事件など同時代の様々な事象を考察した本を何冊も世に送り、筆の速さでも驚異的でした。私は「泉のごとくアイディアが湧いてくるのだろうな」と思ったことがありますが、それはご本人に失礼というものです。

知恵を絞って、絞って、一つずつアイディアを生み出したのでしょうし、吉村さんの本領は別のところにありました。それは、アイディアをもとに器用にすいすい書く、の対極。自分自身にも読者にも誠実であろうとする姿勢であり、自分の想《おも》いを物語に託して懸命に伝えようとする姿勢。ひと言で表わすとハートです。本作『「会社」を休みましょう」殺人事件』も、その好個の例の一つと言えます。

私は先に、「大人の夢」という言葉を遣いました。吉村さんが本作に託した「夢」について考えたことを書いてみます。

この小説において特筆すべきは、二つの〈謎〉が読者に投げられたまま、答えが出ていないことです。これから本編を読む方のために具体的に書くのは避けますが、謎の一つは「プロメテウスの休日」の最後で、もう一つはエピローグの最後で放たれます。「誰が何故やったのか？」が問われる殺人事件の謎（過去形の問い）はきれいに解決するのに、「この後、どうなるのか？」という謎（未来形の問い）の答えを作者は書かず、読者の想像に委ねました。

これが吉村さん流の〈夢〉あるいは〈希望〉の描き方なのです。答えをぼかして勿体《もったい》ぶったわけではなく、「この小説にはこういう決着をつけておきますね。作者が決めることだから。こういう結末って、じーんとくるでしょう？」という態度を拒んでいる。このような書き方はアイディアと呼びにくく、真摯で大切なメッセージを読者の心に届けたい、という作者のハートに依《よ》るのではないでしょうか。

本編を真似《まね》て、私も『です・ます調』で書いてみました。

「あとがき」によると、吉村さんは「サラリーマンものをこの語り部調で書いてみると、独特の味わいが出る」としていますが、何がどう「独特」なのかまでは説明していません。疲れて会社から帰ってきた読者を柔らかい『です・ます調』で優しく迎え、膝を交えて親しく語りかける、という意図があったようでもありますが――。

『だ・である調』は報告書や企画書などビジネス文書で用いる言葉なのに対して、『です・ます調』はオフィスで人と人が互いの顔を見ながら用いる言葉です。いつの時代も、サラリーマンとしての一日は「おはようございます」で始まり、「お疲れさまです」で終わる。だから作者は、「です」と「ます」でサラリーマンの物語を包んだのかもしれません。

（ありすがわ・ありす　作家）

本書は、一九九三年九月、書き下ろし文庫として光文社より刊行されました。

JASRAC 出 1810200-801

吉村達也の本

生きてるうちに、さよならを

親友の葬式で、勝手に死者との絆を強調する自己陶酔型の弔辞に辟易した会社社長の本宮は、自分の生前葬を企画する。だが、彼は、最愛の妻が重い病に冒されていることを知らず……。

集英社文庫

吉村達也の本

それは経費で落とそう

ニセ領収証、人事異動、出世競争、単身赴任、上司——。会社生活の日常に潜む思いがけない恐怖をリアルに描く。〝会社員〟の本質を抉り、笑いと戦慄が交互に襲う5編の会社ミステリー。

集英社文庫

集英社文庫

［会社《かいしゃ》を休《やす》みましょう］殺人事件《さつじんじけん》

2018年10月25日　第1刷　　　定価はカバーに表示してあります。

著　者　吉村達也《よしむらたつや》
発行者　徳永　真
発行所　株式会社　集英社
東京都千代田区一ツ橋2-5-10　〒101-8050
電話【編集部】03-3230-6095
【読者係】03-3230-6080
【販売部】03-3230-6393（書店専用）

印　刷　大日本印刷株式会社
製　本　ナショナル製本協同組合

フォーマットデザイン　アリヤマデザインストア　　マークデザイン　居山浩二

本書の一部あるいは全部を無断で複写複製することは、法律で認められた場合を除き、著作権の侵害となります。また、業者など、読者本人以外による本書のデジタル化は、いかなる場合でも一切認められませんのでご注意下さい。

造本には十分注意しておりますが、乱丁・落丁（本のページ順序の間違いや抜け落ち）の場合はお取り替え致します。ご購入先を明記のうえ集英社読者係宛にお送り下さい。送料は小社で負担致します。但し、古書店で購入されたものについてはお取り替え出来ません。

© Fumiko Yoshimura 2018　Printed in Japan
ISBN978-4-08-745797-1 C0193